esta canción (NO) es para ti

esta canción (NO) es para ti

laura nowlin

traducción de Lorena Castell

MOLINO

Papel certificado por el Forest Stewardship Council®

MIXTO
Papel | Apoyando la silvicultura responsable
FSC® C117695

Penguin Random House Grupo Editorial

Título original: *This Song Is (Not) for You*
Publicado originalmente por Sourcebooks Fire, un sello de Sourcebooks

Primera edición: febrero de 2025

Publicado por acuerdo con 5 Otter Literary Inc.

Printed in Spain – Impreso en España

ISBN: 978-84-272-4289-0
Depósito legal: B-21.246-2024

Compuesto en Fotoletra, S. L.
Impreso en Rodesa
Villatuerta (Navarra)

MO 42890

Érase una vez,
a principios de la década de 2010,
en un barrio de la ciudad de Saint Louis
llamado Dutchtown,
había un grupo experimental conocido como
The Icebergs.
Y había una chica
que era escritora
y la esposa de uno de los integrantes,
y la novia de otro
(lo que básicamente la convirtió en miembro de la banda),
y todo era amor entre ellos.
Dieron conciertos y grabaron un álbum.
Pasó el tiempo y ninguno de ellos se vendió.
Nadie rompió ni se divorció.
Todo seguía siendo amor entre ellos.
Pero todos acabaron mudándose a las afueras.
La segunda edición de este libro también está dedicada a Rob Rosener, Austin Case y Brad Shumacher.

Ramona

¿Alguna vez has conocido a alguien y has sentido que iba a ser importante para ti? Es como si, inconscientemente, llevaras toda la vida esperando a esa persona, porque la reconoces con la misma facilidad con la que te identificas en el espejo.

Eso me pasó a mí una vez.

Cuando Sam me dijo cómo se llamaba, me eché a reír. Debería habérmelo imaginado. Sentí como si ya fuera mi Sam.

—Perdona —me disculpé—. No me estoy riendo de ti.

—¿De qué, entonces? —repuso él.

Estábamos en el descansillo frente al departamento de Música. Alguien le golpeó el hombro al pasar, pero él ni se inmutó, porque cuando Sam está absorto en algo, es como si el resto del mundo dejara de existir.

—Es que siento que debería habérmelo imaginado. Tienes cara de Sam. ¿Sabes lo que quiero decir? —pregunté.

—No —respondió él, y me dedicó mi primera media sonrisa. Ambos estábamos en tercero de secundaria y era el primer día de clase.

—Yo me llamo Ramona —dije.

—Eso sí que tiene sentido —apuntó.

—¿Yo dije eso? —replica Sam, que mira ceñudo su guitarra. Está cambiando la segunda cuerda, así que solo cuento con una octava parte de su atención más o menos.

—Sí, fue como si ya supiéramos el nombre del otro o algo así —respondo. Y luego, más bajito, porque no estoy segura de si quiero que lo escuche o no—: Como si lo lleváramos grabado en el corazón.

Sam continúa mirando ceñudo su instrumento. Tamborileo en el suelo del garaje un compás de seis por ocho.

—Date prisa —le digo—. Nanami nos está esperando.

Nanami es la mayor y única fan de nuestro grupo. Cada vez que publicamos un vídeo nuevo en nuestra página web, ella lo comenta sin falta. Algún día, cuando April and the Rain sea una banda superfamosa y estemos de gira por Japón, la conoceremos en persona y alucinará.

A lo que íbamos.

Paso de tamborilear en el suelo a hacerlo sobre las deportivas de Sam, que ni se inmuta.

—Mañana nos saltamos el ensayo, ¿no? —pregunto.

—¿Por qué? —Finalmente levanta la vista y, al mirarlo a los ojos, siento el familiar aleteo en el estómago. Sam tiene unos soñolientos ojos marrones y unas pestañas largas y negras.

—¡Porque mañana vamos al Artibus! ¿Te habías olvidado?

—No —contesta Sam—. Pero no veo por qué tendríamos que saltarnos el ensayo. Casi que deberíamos tener más ganas de ensayar.

Sam y yo llevamos años soñando con largarnos del instituto Saint Joseph para estudiar en el campus del Artibus College of Music and Arts. Por si no lo sabías, el instituto es un ascazo, especialmente el nuestro, que está lleno de niños ricos: lo único peor que el postureo es el postureo con dinero. Sam y yo apenas quedamos con nadie más.

Estamos a punto de empezar por fin el último curso. El verano casi ha terminado, pero todavía tenemos que pasar mañana la prueba de admisión del Artibus. Una vez empiecen las clases y antes de que nos demos cuenta, estaremos echando solicitudes de admisión durante las vacaciones de Navidad. El final se acerca.

—Casi he terminado —dice Sam.

Tamborileo en su pie con más ímpetu.

—¡Au! ¡Vale, ya estoy! Qué mujer.

—Me quieres y lo sabes —le suelto.

—Sí, sí —refunfuña, pero esboza esa media sonrisa suya y sé que es verdad. Ojalá me quisiera de otra manera.

Apenas hacía dos días que éramos amigos cuando formamos el grupo. En un mes, Sam era el mejor amigo que había tenido jamás. Al mes y medio ya sabía que me estaba colando por él de mala manera, pero supuse que se me pasaría. No pensaba poner en riesgo el grupo por sentimientos de crías.

Cuando April and the Rain cumplió un año, tuve que admitir que estaba enamorada de Sam. Estábamos en cuarto de secundaria, habíamos creado nuestra página web y habíamos repetido cientos de veces a los merluzos de nuestros compañeros de clase que no, que no estábamos saliendo juntos.

Desde su habitación, publicamos el vídeo de esta semana: ayer se le ocurrió un riff espectacular y hoy lo hemos tocado en varios tempos diferentes, así que he podido darle caña a mi batería. A Nanami le encantará.

—Tenemos que seguir practicando esto —dice Sam—. Me gustaría poder completarlo con alguien más, tal vez meterle un componente vocal.

Él siempre dice lo mismo, pero no creo que caiga esa breva. Bastante suerte tuvimos de encontrarnos nosotros dos.

Sam

Ramona se ha dormido a los veinticinco minutos de viaje. Sabía que se quedaría traspuesta. Siempre lo hace cuando tiene que pasar más de veinte minutos en el coche, y el Artibus está a una hora de Saint Louis.

Tenía la boca abierta y fruncía el ceño como si estuviera soñando con algo que la cabreara, como el dubstep.

Estaba adorable, pero trato de ignorar eso por norma general.

—No —ha gemido, cuando he subido el volumen de la radio.

—Ya casi hemos llegado —le he dicho—. Vas a causar una gran impresión en el Artibus con la cara cubierta de baba reseca.

Ramona se ha limpiado la boca con el dorso de la mano y se ha sentado erguida.

—¿Cuánto queda?

—Estamos en las afueras de la ciudad. Tenemos tiempo para comer.

—Guay. Busquemos algún bareto que podamos hacer

nuestro el año que viene. Iremos tanto que todas las camareras se sabrán nuestro nombre.

Me he reído ante el comentario: muy propio de Ramona.

—Vale —he respondido—. Avísame cuando veas alguno.

Y al poco hemos dado con un restaurante que parecía lo que buscábamos. Era un edificio achaparrado y apartado de la carretera, con un semirremolque en el aparcamiento y algunas flores medio marchitas en una maceta junto a la puerta. La S del letrero se había fundido.

—¡Ese! —ha gritado ella señalando por la ventana—. El Meón Wanda.

—Mesón Wanda.

—¡Eso no es lo que pone en el letrero!

He puesto los ojos en blanco y he entrado en el aparcamiento.

Las cosas siempre son así con Ramona. Se le ocurre una idea y luego se materializa. Como con April and the Rain. Una tarde, al principio de conocernos, estábamos fuera del Saint Joe viendo cómo se marchaba todo el mundo en coche cuando sentenció:

—Vamos a montar un grupo.

—¿Qué? —pregunté yo.

Todavía no me explicaba por qué aquella chica tan guapa quedaba conmigo. Solo íbamos a una clase juntos, pero ella siempre parecía buscarme por los pasillos, y ese día, en el comedor, se dejó caer en la silla que estaba al lado de la mía y comenzó a explicarme la influencia del Riot Grrrl en Nirvana. Más tarde, a la hora del almuerzo, me enteré de que su padre era profe de Inglés Avanzado en el Saint Joe y de que su madre estaba muerta. Pero me contó mucho menos sobre ellos que sobre Kurt Cobain.

—Un grupo —repitió Ramona—. Tú y yo. Tú liderarás con la guitarra que prefieras. Y yo tocaré la batería. Se me da muy bien.

—Tal vez a mí no —dije—. ¿Qué pasa entonces?

—Lo harás genial —me aseguró—. Deberíamos empezar esta noche. Puedo ir a tu casa, ¿verdad?

—Hola, Janet —ha saludado Ramona a la camarera de nuestra mesa, que ha echado un vistazo a la chapa con su nombre y luego nos ha mirado con escepticismo por encima de su libreta—. ¿Qué nos recomiendas hoy?

—El chili con carne está bien —ha contestado ella—. Pero está bien siempre.

—Me llamo Ramona —se ha presentado—. Y este es mi amigo Sam. Nos verás mucho por aquí.

—Creo que necesitamos un minuto —he dicho yo.

Janet se ha encogido de hombros y se ha alejado.

—Bueno, creo que se acordará de ti —he añadido.

—Es un comienzo —ha respondido Ramona, que luego me ha sonreído y he tenido que bajar la mirada a la carta.

Tom

El Artibus no está mal, aunque se esfuerza demasiado por parecer una pintoresca universidad privada: el césped y los árboles tienen ese aspecto traumatizado por el exceso de fertilizante y la poda regular, y las aceras son inquietantemente blancas.

He llegado temprano, por lo que llevo veinte minutos sentado en el coche. Hay demasiada humedad para estar fuera mucho rato. Ayuda estar escuchando Autechre.

Sara odiaba Autechre. «Esta canción da cosa —decía—. Es Autechre, ¿no?».

Pero, ahora que recuerdo cuánto los odiaba Sara, salto la canción. Nils Petter Molvær. Sara detestaba a Molvær.

A Sara le gustaba la buena música, como Animal Collective. También le gustaba música malísima, pero como a la mayoría de la gente. Y le gustaba que yo fuera músico. Era dulce y se moría por cambiar el mundo. Eso es lo que más me gustaba de ella.

Sigue siendo lo que más me gusta de ella; no está muerta, solo acaba de dejarme. Todavía le gustará la música buena y la música mala, seguirá sin entender la diferencia entre ambas y, si por casualidad le suena alguna de las que le grabé, seguramente la pase.

Un tipo en la acera hace una mueca rara en mi dirección. A él tampoco le gusta Molvær. O tal vez solo mi coche, que es parte de un proyecto artístico a largo plazo al que llamo Purpurina hasta en las Orejas: el objetivo es cambiar la percepción que tiene la sociedad de la purpurina embelleciendo con ella elementos o situaciones que habitualmente no tienen brillibrilli. Sara solía acompañarme a bombardear con purpurina.

Saco las llaves del contacto.

El departamento de Música es fácil de encontrar; es el edificio más grande del campus. Hace tanto calor en la calle que entrar por la puerta principal es como abrir la nevera y meterse dentro. Hay un cartel justo enfrente que dice «Audiciones», con una pequeña flecha que apunta hacia la izquierda. Parece que a alguien le preocupaba que nos perdiéramos y fuéramos por ahí molestando a los estudiantes del centro, porque no he avanzado mucho cuando me topo con otro cartel que me indica que siga la dirección en que ya estaba yendo. Un tercer cartel me lleva por un tramo de escaleras. «Sótano», ha añadido con bolígrafo la persona preocupada.

Hay un pequeño grupo de sillas plegables. Una mujer que debe de ser la madre de alguien lee un libro junto a la puerta. Un chico y una chica de mi edad cuchichean entre ellos sentados en un rincón. Él lleva un estuche de guitarra, pero ella no tiene instrumento; probablemente sea la entusiasta de su novia, que viene a apoyarlo. Me dejo caer en una silla lejos de los demás y cierro los ojos.

Vuelvo a mirar cuando oigo que se abre la puerta. Una chica con un estuche de violín sale mordiéndose el labio. La mujer se levanta, la rodea con un brazo y se van las dos susurrando escaleras arriba.

—¿Ramona Andrews? —llama un hombre con un portapapeles desde la puerta. La chica se levanta de un salto, como si llevara toda la vida esperando a que este hombre viniera a buscarla. Desaparecen juntos en la sala. El chico y yo nos hemos quedado a solas, pero él está inclinado hacia delante, estudiándose los cordones de los zapatos como si guardaran el secreto del universo, así que dudo que vaya a ser una molestia. Apoyo la cabeza contra la pared y cierro los ojos de nuevo.

Lo que pasa con Sara es que al principio no pensé que fuera a gustarme para nada. Es un poco alegre y, por lo general, no me caen bien las personas tan alegres porque en realidad no son más que unas falsas. Pero Sara era así de verdad. Es así de verdad.

De entre todos los sitios ridículos en que se conoce la gente, nosotros nos conocimos en un centro comercial. Había cometido el error de pensar que mis deportivas eran de mi propiedad y que podía hacer con ellas lo que se me antojara, por lo que escribí la palabra «Darfur» varias veces en la izquierda y «Auschwitz» por toda la derecha. También diseñé mi propio panfleto en cuatro por cuatro, titulado *¡Darfur y otros holocaustos que quizá no conozcas!*, e imprimí cincuenta copias para entregar a cualquiera que me preguntara por las zapatillas. Fue mi primera performance de interés público y no cabía en mí de la emoción.

Mi madre me había pedido con lágrimas en los ojos que me comprara unas zapatillas nuevas al día siguiente (sin falta) o se desesperaría por completo. (Aun así, después de discutirlo, llegamos al acuerdo de que podía llevarlas puestas en público en mi tiempo libre, pero en el instituto ni en broma). Eso fue un viernes por la noche. El sábado por la mañana (sí, por la mañana) fui en coche hasta el centro comercial y me prometí a mí mismo que compraría el primer par de zapatillas que no aborreciera.

De manera que estaba mirando una pared llena de zapatos cuando una chica con una placa identificativa se me acercó sonriendo.

—¿Puedo ayudarte? —me preguntó. Y era guapa (es guapa), pero he conocido a muchas chicas guapas, o al menos a las suficientes, como para recelar. Le señalé unas zapatillas y le dije que me gustaban aunque no me mataban, y se le iluminó la cara—: ¡También las tenemos en un color más oscuro!

Me di cuenta de que estaba encantada, así que accedí a verlas y ella se fue corriendo como si aquel fuera su último cometido en la vida. Cuando regresó, me sorprendió sentirme raro al descalzarme delante de ella. Me probé las zapatillas que me había traído y no, no las aborrecía.

—Vale —dije.

—¿Sí? —preguntó con auténtica emoción.

Era así incluso cuando me llamaba por teléfono. Recuerdo haber pensado que nunca había conocido a nadie capaz de ser tan auténtico con un extraño. (A veces juzgo un poco a la gente. Me di cuenta de este aspecto de mí después de llevar un tiempo con Sara).

—Por cierto —añadió—, me gustan las zapatillas que llevas. No hay mucha gente que sepa nada sobre Darfur, ni siquiera lo que pasó en Bosnia.

Oigo la puerta abrirse. La chica sale al pasillo y el chaval que se miraba los cordones de los zapatos se levanta. Ella le sonríe y chocan los cinco. El profesor de antes pregunta por Samuel Peterson y ellos vuelven a chocar los cinco. Es una gilipollez tan grande que tiene que ser un momento de la leche para ellos. El chaval y el profesor entran a la sala. Cuando la puerta se cierra, la chica se vuelve hacia mí como si tuviéramos que hablar sí o sí.

—Qué hay —dice—. Me gusta lo que le has hecho a tus zapatillas.

—Gracias —respondo—. Tengo un panfleto.

Se sienta junto a mí a una silla de distancia. Le entrego el panfleto y ella lo estudia un momento.

—Probablemente esté bastante desinformada sobre los genocidios en el mundo —afirma—. Me lo leeré sin duda. —Luego estira las piernas frente a ella y mueve los dedos de los pies en las sandalias. Lleva un pintaúñas de colorines desconchado—. Me he presentado a la audición de piano —comenta.

—A mí me hacen la prueba para la carrera de Música en general —me escucho responder—. No tienen un programa concreto para lo que hago.

—¿En serio? ¿Cómo te van a evaluar? ¿Estás nervioso? ¿Qué es lo que haces? ¡Yo toco la batería!

A esta chica solo le faltan orejas de duendecillo.

Me gusta su pelo, que estoy bastante seguro de que se corta ella misma. Los mechones despuntan por aquí y por allá de una manera que nadie podría haber planeado.

—Tendré que tocar algunos acordes a piano —le digo—. Leer a primera vista algunas partituras. Hacer algunas vocalizaciones. Supongo que simplemente demostrar que tengo talento musical en general.

Ramona

¿Te suenan esos chicos que se pasan todo el tiempo intentando darse un aire taciturno? Ya sabes, esos con el pelo revuelto que suspiran sin parar. Todos quieren parecerse a ellos. Pues este chico no está fingiendo nada. Este chico está trágicamente deprimido de verdad. Irradia tristeza. Voy a conseguir que sonría al menos una vez. Me acerco un asiento para ponerme justo a su lado.

—Pero ¿qué tocas en verdad? —le pregunto—. ¿Y por qué te inscribes aquí si no tienen un programa para ti? —El chico se encoge de hombros y murmura algo que no alcanzo a escuchar—: ¿Qué?

—Hago noise —dice.

—¿Noise?

Este chaval es más cañero de lo que esperaba.

—Sí. Probablemente hayas oído hablar de un grupo llamado Sonic Youth —me aclara—. Son una banda de rock que...

—Sé lo que es el noise —lo interrumpo. Me ha molestado

y dejo que se me note en la voz—. Prurient. Merzbow. Puce Mary. Simplemente me ha sorprendido.

—Ah, perdón —se disculpa.

Decido ignorarlo. Yo también lo había subestimado a él.

—Pues que guay —exclamo—. ¿Tienes un grupo?

Él niega con la cabeza y luego se encoge de hombros.

—De hecho, eres la primera persona que conozco que sabe quién es Merzbow.

—Mi instituto también da asco —digo—. Sam es el único chico en el Saint Joe que sabe de verdad algo sobre música.

—¿Vas al instituto Saint Joseph? —La expresión le cambia. Definitivamente no sonríe.

—No me queda otra. Por cierto, me llamo Ramona.

—Tom. ¿Sam es tu novio?

—No —respondo—. Somos amigos. Compañeros de grupo.

—Pero ¿es el que acaba de entrar? —Tom señala la puerta con la cabeza.

—Sí. Él toca la guitarra.

—¿Cuál?

—Todas.

—¿Todas?

Tom sonríe un poco por fin. Más o menos. Decido que no cuenta. Y de repente tengo muchisísimas ganas de ver sonreír a este chico. Sonreír de verdad.

—Todas —repito—. Toca el bajo y la acústica de doce cuerdas, e incluso tiene un sitar.

—Cómo mola.

—Y un dobro. Y bueno, nuestra banda se llama April and the Rain.

—¿Uno de vosotros es April y el otro la lluvia?

Me sorprende que sea él quien me haga reír a mí.

—El nombre es por la primavera, los nuevos comienzos y esas cosas. Primero tiene que llover.

Él asiente.

—Lo he pillado.

Me doy cuenta de que estoy sonriendo de nuevo.

Sam

He vuelto a entrar en trance mientras tocaba. Aunque «trance» suena demasiado serio: es más como que he seguido tocando, pero también he olvidado que estaba tocando y simplemente escuchaba la música sin pensar en nada. Entonces he caído en que la música salía de mi guitarra, pero por suerte ya estaba a punto de terminar la pieza.

Había cinco adultos detrás de una gran mesa, que se habían tomado su tiempo para asegurarse de darle formalidad y frialdad al asunto. Cuando he terminado, los he mirado y han asentido con la cabeza.

—Gracias, señor Peterson —ha dicho una mujer en tono seco y cortante.

He hecho un gesto de asentimiento y he abierto el estuche de mi guitarra. Ya habían terminado de tomar notas, así que se han limitado a mirarme. Me inquietaba un poco no saber cómo lo había hecho.

—Entonces ¿ya he terminado? ¿Puedo irme? —he preguntado, mientras hacía un gesto con la cabeza hacia la puerta.

—Sí. Gracias, señor Peterson —ha vuelto a decir la mujer.

A medida que me acercaba a la puerta, iba escuchando la voz de Ramona al otro lado.

—No, no, no, no, no —estaba diciendo—. ¡El rock progresivo no está muerto!

Cuando he abierto la puerta, ella y el chico retraído se sonreían. Ha tardado un segundo en reparar en mí.

—¡Sam! —ha exclamado—. ¡Lo he encontrado! —Al parecer, el comentario ha confundido al chaval tanto como a mí—. Ay —ha añadido—, ¿cómo te ha ido la audición? ¿Lo has petado? Lo has petado, ¿a que sí?

—¿Thomas Cogsworthy? —ha llamado desde la puerta una de aquellas caras imperturbables.

El chico se ha levantado y ha pasado junto a mí arrastrando los pies. Ramona seguía sonriendo de oreja a oreja. He oído la puerta cerrarse detrás de mí.

—Creo que lo he hecho bien —he respondido. Ella ha pegado un salto y me ha abrazado.

—¡Esto es brutal! —me ha dicho al oído—. ¡Hemos encontrado al tercer integrante del grupo y los tres iremos al Artibus!

Olía bien, pero la he soltado y he dado un paso atrás.

—¿Ese chaval con el que estabas hablando?

—Sí, es supercañero. ¡Y hace un montón de cosas experimentales y puede ser nuestro vocalista! Te va a caer genial.

—Pero ¿tú sabes si quiere formar parte de nuestro grupo?

—¡Por supuesto! O sea, por supuesto que querrá cuando se lo preguntemos.

Me he encogido de hombros. Es difícil resistirse a Ramona

cuando está emocionada. Podíamos hablar con el chico, por qué no, no colaría seguro y Ramona se olvidaría de él al día siguiente.

—Vale —he asentido—. Esperemos a que acabe.

Hemos vuelto a sentarnos. Ramona balanceaba las piernas adelante y atrás, cantando en voz baja.

La verdad es que siempre es difícil resistirse a Ramona.

Tom

Y, sin saber cómo, estoy sentado a una mesa en un bareto roñoso frente a dos chavales que van al mismo instituto privado de lameculos que Sara. Ramona, la chica hiperactiva con el pelo de punta, es bastante divertida. Está haciendo ver que toca la batería con dos pajitas sobre la mesa. Seguro que el chico es majo, pero no ha hablado mucho. Me estaban esperando cuando he terminado la audición. Al parecer, este restaurante es su lugar especial o algo así.

—¡Hola de nuevo, Janet! —Ramona deja de tamborilear y sonríe a la camarera.

Piden una fuente de patatas fritas con queso y chile para compartir. Yo solo tomo un refresco, lo que molesta a la camarera, pero me da igual.

—Bueno, Tom —dice Ramona cuando Janet se marcha—. A Sam y a mí nos gustaría hablar sobre la posibilidad de que te unas a April and the Rain. —Lo ha dicho con una voz formal, parecida a la de la gente del Artibus pero más amable, y me doy cuenta de que habla medio en broma.

—April and the Rain aún no ha encontrado su estilo —continúa—. Nos flipa experimentar y nos encantan los cambios de ritmo y la polirritmia, pero necesitamos a alguien que haga las voces y nos ayude a definir nuestro estilo. Tu amplio conocimiento en música de verdad demuestra que no te va el postureo. El noise podría darnos esa originalidad que hemos estado buscando. ¿Qué dices? —me plantea, al tiempo que cruza las manos sobre la mesa y ladea la cabeza.

—¿Por qué no visitas nuestra página web? —interviene Sam. Habla en voz tan baja que apenas lo oigo con el ruido del restaurante—. Y si en algún momento te hace una sesión improvisada, nos avisas.

—Vale. Guay —contesto. La camarera deja mi bebida y sus patatas fritas con chile sobre la mesa—. Entonces ¿los dos vais al Saint Joseph?

—No nos lo recuerdes —rezonga Ramona.

Sam asiente con la cabeza.

—¿Conocéis a una chica llamada Sara Miller?

—Sí, pero no mucho. Es la delegada de clase —responde Ramona.

Sam hace un ligero gesto con la cabeza.

—Era mi novia —digo. Ambos parecen sorprendidos.

—Ah. Es maja —comenta Ramona.

Por el tono de su voz, sé que eso es todo lo que tiene que decir sobre Sara.

—Sí. Bueno, rompimos hace unos meses —añado, pero está claro que he cortado el rollo de la conversación.

Se ponen a comerse las patatas fritas con queso y chile del mismo plato, sin ningún tipo de reparo. Sus codos no chocan, no se estorban y tampoco parece importarles que uno de ellos coma más de lo que le corresponde. Ramona ha dicho que no son pareja. Me doy cuenta de que me los he quedado mirando, así que doy un sorbo de mi refresco.

—Y ¿cuál es vuestra página web? —pregunto.

Como suponía, han comprado un dominio y será tan fácil de recordar que ni voy a escribir el nombre. Pero entonces la chavala saca su teléfono y me pide mi número.

—Te enviaré el enlace —dice.

Sam sigue comiendo patatas fritas sin mirarnos. Por alguna razón, esta chica quiere de veras que me una a su grupo.

—Sí, vale —respondo.

Ramona

—Ha llamado —digo.

Me imagino a Sam encogiéndose de hombros y pasándose el teléfono a la otra oreja. Es tarde, por lo que probablemente esté en su habitación, como yo, tumbado en la cama.

—Vale —responde—. Pero no sabemos si será bueno.

—Es bueno —le aseguro—. Lo sé.

Simplemente lo sé. Tom es lo que el grupo necesita.

—Supongo que ya lo veremos —replica Sam.

—Sí. Mañana —contesto—. Ya le he indicado cómo llegar a tu casa.

—No ensayamos los martes.

—Sí cuando estamos buscando un nuevo miembro para la banda.

Sam se ríe, e imagino que probablemente ha puesto los ojos en blanco.

—Oh, sí —exclama—. ¿Cómo olvidarlo?

April and the Rain ensaya en el garaje de la madre de Sam. Caben tres coches, pero solo hay dos desde que su padre se fue, por lo que tenemos mucho espacio. Ahí es donde vive Griselda, mi batería. Sam guarda todas sus guitarras en su habitación, pero siempre se baja una o dos, las que cree que le apetecerá tocar ese día. Su padre es quien se las regala.

Yo le compré Griselda a una chica del instituto a la que se la habían regalado por su cumpleaños y luego había perdido el interés en tocar la batería. Griselda tiene seis piezas impresionantes con destellos iridiscentes. Cada tambor es de un color diferente: el tom púrpura tiene varios pegotes de brillibrilli púrpura y el bombo, que es azul, un montón de tonalidades azules. Hicieron falta muchos pintaúñas con purpurina, pero el resultado valió la pena.

En fin.

Estoy practicando acompañamientos cuando Sam entra en el garaje. En una mano lleva su vieja Fender eléctrica cogida por el mástil y el amplificador en la otra. Hago sonar el charles teatralmente.

—Estaba pensando que deberíamos tocar algo dramático en compases de cinco por cuatro o tal vez incluso de siete por ocho.

—Sí, tal vez —dice Sam—. ¿A qué hora dijo que llegaría?

—Por la tarde —respondo.

—Eso no es una hora.

—Ya lo sé. Pero eso es lo que dijo. Venga, vamos a tocar.

Marco el ritmo y Sam conecta su amplificador.

Si no fuera por Sam y el grupo, se me habría ido la pinza hace años.

He dejado claro que el instituto es un pozo sin fondo de idiotez, ¿verdad?

El verano antes de empezar tercero de secundaria, filmaron algunas escenas para una película de terror en nuestro campus. Era una peli muy sangrienta sobre colegialas católicas que invocan un demonio. Mi padre me llevó al set el día que filmaban una escena de persecución en el largo pasillo del departamento de Inglés. Lo habían tapado con un montón de pantallas para que pareciera de noche, y una mujer de veintitantos años, vestida con una falda de cuadros muy corta, corría por él a oscuras. Todo el mundo actuaba como si lo que estaban haciendo fuera importantísimo, como si aquellos gritos tan falsos de la chica significaran algo.

Resulta que en la vida real el instituto es más o menos igual: un poco oscuro y aterrador, pero sobre todo una estupidez de emociones fingidas que todo el mundo se toma demasiado en serio.

Y también tengo que llevar falda de cuadros.

En cuarto curso, comencé a ponerme la corbata azul de repuesto de Sam para ir a clase, lo cual generó un buen alboroto. Me salí con la mía porque la junta escolar tuvo miedo de que saliera del armario y los demandara por discriminación. Y luego todas las demás chicas empezaron a ponerse la corbata de su novio como si fuera algo superguay y rebelde, pero a ellas nunca las llamaron al despacho del director.

Ya no llevo corbata a clase. La exnovia de Tom, Sara Miller, tampoco. No es de las que se deja llevar por una seudorebelión; es más el tipo de persona que encaja realmente sin intentarlo, de esas raras a las que les gusta de veras lo popular y no les molesta que a los demás les guste lo mismo. Es maja, supongo. Siempre está organizando algún tipo de actividad benéfica a través del consejo estudiantil, así que ni tan mal.

En fin.

Tom parece incómodo cuando se presenta por fin en el ensayo. Estoy sentada detrás de Griselda cuando entra, acompañado de la madre de Sam. Es una mujer rara. Nos trae edamame con glaseado de jengibre, lo que significa que sigue en su fase de comida étnica. Cuando era la madre hippy de Sam, nos traía platillos de hummus casero con verduras. Y cuando era la madre artista de Sam, nos ignoraba y ponía ópera a todo volumen.

—Ya ha llegado vuestro amigo Tom —anuncia.

—Gracias, mamá —responde Sam.

Le coge la bandeja y ella nos sonríe a todos antes de irse.

—Qué hay —lo saludo.

—Qué hay —dice Tom, que cambia el peso de un pie al otro y deja en el suelo el pedazo de amplificador que ha traído—. Me mola tu batería. La purpurina está subestimada.

Sabía que le gustaría Griselda. Este chico tiene el coche más horrendo y maravilloso que he visto en mi vida.

—¿Qué es eso? —pregunto, al tiempo que señalo la caja negra con botones que tiene en la mano izquierda.

Tom murmura algo que suena a no sé qué del caos y yo suelto:

—Ah, guay.

Sam nos da la espalda y deja el edamame en el banco de trabajo empotrado que nadie ha usado nunca.

—¿Hay algún sitio donde pueda enchufar esto? —pregunta Tom.

Sam le muestra el protector contra sobrecargas al que tiene conectado su propio amplificador. Tom se arrodilla y comienza a prepararse. Sam y yo nos miramos a los ojos: sigue sin tenerlo claro.

—Bueno, Tom —digo—, ¿qué has pensado que podríamos hacer?

Sam

Tom estaba conectando lo que parecía un juego de pedales de guitarra, aunque no traía guitarra. Ha mirado a Ramona y luego a mí.

—¿Sabéis el vídeo que publicasteis la semana pasada? —ha preguntado—. Se me ha ocurrido algo que creo que podría sonar bien, si os apetece jugar un poco.

Me he encogido de hombros.

—Claro —ha dicho Ramona, que ha tocado un redoble mientras yo me dirigía a mi guitarra y me la volvía a colgar.

Les he dado la espalda y he rasgueado la primera cuerda. Detrás de mí he escuchado a Ramona entrar al ritmo de la canción.

Intento con todas mis fuerzas no mirarla cuando toca. O sea, no es posible no mirarla en todo el rato, porque cuando tocamos juntos hay mucha comunicación no verbal, pero trato de mirarla lo mínimo posible.

Tiene mucho talento. Y se lo toma en serio.

Le da igual sudar y despeinarse cuando toca.

Y hace muecas.

Un ruido a mis espaldas me libra de acabar recordando algunos momentos concretos en los que había visto a Ramona ensayar. Parecía un carrillón. Un carrillón alienígena de un planeta robot. Al mirar por encima del hombro, Tom estaba inclinado sobre los pedales y el caos cómo se llame. Él era quien hacía ese inquietante sonido electrónico. He visto dónde encajaría mi guitarra en la melodía y me he puesto a tocar los acordes iniciales de la canción. He cerrado los ojos para concentrarme en la batería y he empezado a mover el cuerpo al ritmo que Ramona marcaba. Una y otra vez, sentía en la espalda el sonido de su baqueta golpeando uno de los toms.

Ramona.

Siempre que Ramona come chucherías, primero las separa por colores. No en plan manía obsesivo-compulsiva, sino por diversión. Por lo general, no le gustan nada las de color naranja, así que esas suele dármelas. Las verdes son sus favoritas.

Estornuda de una manera rarísima: arruga toda la cara y suelta una especie de resoplidito. Es como si no quisiera que se le escapara el estornudo.

Su madre empezó a darle clases de piano cuando Ramona tenía cuatro años. Murió cuando ella tenía nueve, así que su padre contrató a una persona de la academia para que le enseñara. Todavía recibe clases particulares, y nunca habla de su madre.

Nos gusta ver programas malísimos juntos para poder burlarnos del guion. Los que tratan sobre médiums resolviendo crímenes son los más divertidos. A Ramona se le da genial adivinar lo que van a decir los videntes.

No soporta a la gente falsa y, de hecho, «postureo» es su palabra más venenosa.

Es una chica divertida y auténtica.

Y asertiva también, por lo que si yo le gustara como algo más que un amigo, me lo habría dicho hace mucho tiempo. Me ha confiado su amistad y no pienso poner eso en riesgo jamás.

Me he dado la vuelta.

Por encima de la batería, Ramona me ha mirado a los ojos, después ha sonreído y se ha mordido el labio. Sonábamos bien. Tom completaba la canción sin ahogarnos a ninguno de los dos. Se nota que el chaval sabe lo que se hace. Ramona ha seguido tocando un acompañamiento y ha echado la cabeza hacia atrás con los ojos cerrados.

Me he dado la vuelta de nuevo.

Después de escuchar la canción por segunda vez, nos hemos sentado los tres en el suelo del garaje a comernos lo que había traído mi madre. Ramona no ha dejado de hablar desde que se ha separado de la batería.

—Hay que plantearse si hacer algo con esa canción en la que estábamos trabajando en segundo, ¿te acuerdas, Sam? Tocaste algo como un da-da-dum di-da.

He asentido con la cabeza. Tom parecía encantado, lo cual era una buena señal. Hay quienes encuentran agobiante a Ramona, que, después del primer ensayo, le insistirá aún más para que se una al grupo.

La sesión de improvisación con él ha sido increíble. Hacia el final, Tom se ha puesto a tararear alguna letra en voz baja y no parecía que tuviera mala voz. Yo no esperaba nada de él. Ni siquiera sabía si era bueno. Ramona me había asegurado que, solo por su conversación en el sótano del Artibus, sabía que era un músico de verdad y que estaba destinado a ser el tercer integrante de nuestra banda.

Tenía razón en cuanto a que es un músico de verdad.

—Deberías venir al ensayo del sábado —le he dicho a Tom, y Ramona me ha sonreído.

Tom

Hacía semanas que no me sentía tan bien. No digo que esté genial; simplemente mejor. Tengo que ponerle refrigerante al coche, pero hace una noche fresca y es agradable volver a casa con las ventanillas bajadas. Tengo purpurina roja en la capucha y recuerdo a Ramona rebotando en el taburete al tocar el charles.

Es una chica rara y divertida. Sam es un buen músico y un chaval bastante majo. Ha estado bien olvidarse de Sara y de todo lo demás un rato. Volveré a ensayar con ellos este fin de semana.

(La verdad es que sí que quiero entrar en su grupo).

Me ha sorprendido lo que he visto al visitar su página web: estaban haciendo cosas muy chulas para ser solo dos integrantes. Mi madre es una pesada con que haga amigos, así que supongo que les daré una oportunidad.

Es casi la hora de cenar y el barrio pijo de la ciudad está a media hora de Ferguson, donde vivo con mis padres. Al ir por la carretera con las ventanillas bajadas, dentro del coche hay mucho ruido. Es siniestro. El mundo es pequeño y caótico. Ojalá pudiera grabar el rugido del viento de alguna manera y plasmar esta sensación de estar en un espacio reducido. Miraré a ver qué puedo hacer con el sintetizador para transmitir algo similar.

(Ramona lo acompañaría con la batería y marcaría
los cambios de ritmo para darle dramatismo.
No sé qué haría Sam; supongo que algo increíble
que a mí no se me habría ocurrido jamás, pero que
redondearía la canción hasta hacerla audible).

Estoy en casa antes de las seis y media, así que no he llegado tarde. Aun así, mi madre ya está poniendo la mesa y mi padre está en la cocina.

Al entrar, mi madre me mira como si estuviera molesta por haberle hecho creer que llegaría tarde. Pensaba que le había llegado la menopausia cuando se enteró de que en realidad estaba embarazada de mí, así que crecí escuchándola bromear con que, después de criar a tres hijos, voy y aparezco yo cuando ella casi creía haberse librado de la maternidad.

Nos sentamos a la mesa y mi padre me llama «campeón» y me pregunta cómo me ha ido el día. Llamaba así también a mis hermanos mayores cuando eran pequeños. Ellos sí eran el tipo de chicos a los que llamarías «campeón»: les gustaban los deportes y querían aprender a arreglar coches en lugar de pintarlos con purpurina.

—Ha estado bien, papá —digo.

Cada noche, la cena en casa de mis padres es casi un ritual en el que intentan hacerme hablar, pero es que a veces no tengo mucho que contar. (Vale, casi nunca. No me gusta expresar mis sentimientos; son míos). Todo esto me parece demasiado forzado. Quizá si me dejaran cenar en silencio alguna noche, a la siguiente tendría ganas de hablar.

—Tu padre y yo estábamos pensando en ir a la casa del lago este fin de semana —dice mi madre.

Se me escapa un lamento. Mi abuela les dejó la casa a ella y a su hermana, pero el aire acondicionado es pésimo y no hay internet.

—¿En serio? —repongo—. Tengo planes.

—En realidad, habíamos pensado que esta vez podrías quedarte en casa —responde—. Creemos que puedes arreglártelas tú solo durante unos días.

—¿De verdad? —replico, al tiempo que levanto la vista del plato para mirarlos.

—Nada de fiestas —apunta mi madre—. Y nada de proyectos artísticos públicos.

(El año pasado, tras el bombardeo con purpurina de una boca de incendios recibí la visita de la policía del condado de Saint Louis. Desde entonces, he sido más discreto. Con Purpurina hasta en las Orejas, claro está. Nunca relacionaron lo de la toma de agua conmigo).

—Y nada de chicas —añade mi padre. Luego se ríe, así que supongo que intentaba ser gracioso.

—Vale, vale —convengo—. Gracias, gente.

—¿Qué planes tienes? —pregunta mi madre.

—Conocí a unos chavales en lo del Artibus —contesto—. Vamos a quedar para tocar.

Mi madre parece emocionada; considera que necesito amigos. Me hace las típicas preguntas de padres y yo le hablo de Ramona y Sam. El hecho de que asistan al Saint Joe la impresiona, al igual que le pasó con Sara. Cuando termino de cenar, puedo huir alegando que me llama la pila de libros que tengo pendientes para el verano.

Es una noche bastante típica, pero, como ya he dicho, me siento un poco mejor. Arriba, en mi habitación, me pregunto si Ramona querría acompañarme a bombardear con purpurina. Por como tiene la batería, yo creo que sí.

Ramona

No es de extrañar que tenga una archienemiga. Su nombre es Emmalyn. Emmalyn Evans, que a mí me suena a personaje de cuento infantil. Emmalyn Evans, llévale esto a la abuelita. Emmalyn Evans, cierra la maldita boquita.

En fin, que empezó ella.

En tercero, coincidimos en casi todas las clases del primer semestre. A los dos meses de curso, los uniformes de cuadros ya me estaban volviendo loca. Entonces me corté el pelo. Literalmente, me corté el pelo yo misma: en el baño, con unas tijeras que cogí del escritorio de mi padre. Quería llevarlo a trasquilones, ir hecha un desastre, y me encantó.

Cuando entré a mi primera clase aquella mañana, Emmalyn ahogó un grito.

—Ay, madre, pero ¿qué te ha pasado? —chilló.

Entonces puse los ojos en blanco y dije:

—Está claro que nada que no quisiera que pasara. No soy una borrega como tú.

Todo el mundo se rio y Tony Smith se puso a balar: «Beee».

Desde entonces, todas mis acciones fueron objeto del desprecio de Emmalyn Evans. Y no solo lo que me hacía en el pelo. Si respondía mal a la pregunta de un profesor, ella se reía por lo bajo. Si jugábamos al balón prisionero en Educación Física, ella solo iba a por mí. La primera vez que me llamaron al despacho del director por ponerme la corbata de Sam, Emmalyn susurró, en voz lo bastante alta como para que la oyera:

—Siempre está intentando llamar la atención, ¿a que sí?

Durante los últimos cuatro años, he seguido haciéndome lo que me ha dado la gana en el pelo: cortándomelo, trenzándomelo, dejándomelo crecer y afeitándome diferentes secciones.

He coincidido con Emmalyn en mínimo tres clases cada semestre. Como una tonta, tenía la esperanza de que tal vez este año la vería un poco menos, pero parece que el universo necesita que nos enfrentemos para mantener el equilibrio, porque este último curso tengo a Emmalyn Evans en mis tutorías.

El primer día de clase, cuando entró en el aula y me vio, suspiró con resignación, como si yo la hubiera seguido hasta allí o algo. Estaba tocando un compás de cinco por cuatro sobre mi pupitre con los índices. Sabía, por años anteriores, que le molesta que lo haga, o al menos le gusta fingir que le molesta. La cosa es que siempre se sienta cerca de mí; no justo a mi lado, pero sí cerca. Supongo que para que pueda escuchar todos sus comentarios maliciosos y sus risillas de engreída.

Quise dejarle claro que, si esa iba a ser su actitud, entonces tendría que soportar mis tamborileos y acompañamientos de percusión cada mañana, de manera que toqué más fuerte. Emmalyn se sentó en la fila de al lado, dos mesas por delante, aunque había muchos asientos vacíos más lejos.

Es como si quisiera que la exasperara.

Tamborileé más fuerte sobre el pupitre. Man-dri-la E-vans.

Ella suspiró con fuerza otra vez y, echándose el pelo por encima de un hombro, se giró para lanzarme una rápida mirada asesina. Puse los ojos en blanco.

Emmalyn Evans es un muermo. Emmalyn Evans se puede ir al cuerno.

Un curso más y podré largarme de aquí.

Para mi padre era importante que yo asistiera al Saint Joe; lleva casi treinta años enseñando aquí. Es mayor, mayor de verdad, no en plan como el resto de los padres. Tenía cincuenta años cuando yo nací y mi madre, cuarenta. Pensaban que no podían tener hijos.

En fin, que estaba muy orgulloso de que, a pesar de ser una familia monoparental con un sueldo de profesor y todo eso, al menos yo recibiera la mejor educación posible. El instituto Saint Joseph tiene cierto renombre, y muchos de sus graduados van a universidades de la Ivy League. Así que sí, sé que tengo suerte de ahorrarme la matrícula de mis estudios, pero eso no significa que no haya ningún coste añadido.

Mis compañeros creen que tener ciertos apellidos es un logro personal por el cual deben ser admirados, como si eso los hiciera inevitablemente mejores y no tuviera nada que ver con el dinero de sus padres.

De ahí que la mayoría de las conversaciones que escucho en el baño de chicas me exasperen: que alguien tenga una nueva casa en el lago en tal o cual vecindario es todo un cotilleo por aquí, pero cuando un bolso resulta ser una imitación se arma tremendo escándalo.

Suerte de Sam. Es tan diferente de todos los demás que parece de otro planeta. A mí, nuestros compañeros de clase me resultan insoportables, mientras que él los encuentra de lo más desconcertantes.

Menos mal que coincidimos a la hora del almuerzo y tenemos una mesa de pícnic en el patio a la que sentarnos. Bueno, Sam se sienta a la mesa y yo, encima, junto a su sándwich.

—En bio me ha tocado en el grupo de laboratorio con Kaylie Rushton y Pam Jones y, en vez de ayudarme con el microscopio, se han estado recitando la una a la otra la ropa que han llevado a cada fiesta durante todo el verano. ¿Por qué?

—¿Por qué qué? —pregunto.

—¿Por qué hacen eso? ¿De verdad les importa lo que llevaba la otra en julio?

—Qué va —digo—. Querían hablar sobre la ropa que llevaban ellas en julio.

—¿Por qué? —repite Sam.

«Te quiero tantísimo», pienso.

—Es solo el tercer día de clase, Sammy. Dame un respiro —le pido.

—Eh, tú te has pasado veinte minutos hablando de la mirada que te ha echado Emmalyn en clase.

—Sí, pero yo no he pedido ninguna explicación por su comportamiento. Debes aprender a vivir con las motivaciones extrañas de las chicas cabeza hueca.

Sam se encoge de hombros y toma su sándwich.

—Es que no me entra en la cabeza que exista tal nivel de superficialidad —insiste. Después pega un buen mordisco y la mostaza le gotea por la barbilla.

«Te quiero tantísimo», pienso otra vez.

Sam

El señor Van Bueran es el psicopedagogo del Saint Joe. Tiene la voz grave de un barítono y se aclara la garganta sin parar. Ramona una vez lo comparó con una tuba viviente, y sé que suena cruel, pero lo entenderías si lo conocieras.

Se interesó por mí en cuarto curso, cuando mi padre se marchó. Me llamaba a su despacho cada pocas semanas para recordarme que podía hablar con él si alguna vez lo necesitaba. Pero yo no necesitaba hablar. Casi me pareció bien que mi padre se fuera de casa, porque así ya no tendríamos que seguir fingiendo. Aunque eso no se lo conté a Van Bueran; solo le dije que creía estar llevándolo bien.

Aún me hacía llamar de vez en cuando para «charlar» y yo seguía llevándolo bien. Luego, el invierno pasado dijo:

—Debes de estar deseando inscribirte en el Artibus para el próximo año, ¿eh?

—Sí, más o menos —respondí.

Se le iluminó el rostro.

—¿Por qué «más o menos»? —preguntó.

Sin saber cómo, había descubierto lo único de lo que necesitaba hablar con alguien.

Tenía mis dudas sobre el Artibus.

Así que no me ha sorprendido que me haya llamado a su despacho el segundo día de clase.

—Hola, Sam —me ha saludado—. ¿Cómo ha ido el verano?

—Bien —he respondido, mientras me sentaba en la silla frente a su escritorio.

—Las audiciones del Artibus fueron hace poco, ¿no? —ha dicho el señor Van Bueran, reclinándose en su silla para mirarme.

—Sí —he asentido—. Creo que lo hice bien.

—Cuánto me alegro —ha contestado. Estaba hablando despacio y con cautela, como si le preocupara que fuera a salir pitando si me presionaba demasiado—. ¿Todavía te preguntas si una carrera en Química iría más contigo? ¿Te siguen maravillando los productos sostenibles?

—Sí —he dicho.

Al oír mi propia voz, he comprendido por qué le preocupaba que saliera pitando. Me cuesta admitir que tal vez no quiero que la música sea mi vida entera.

Para Ramona, la música sí que es su vida entera.

Y la música es lo que trajo a Ramona a mi vida.

—La Universidad de Saint Louis tiene un excelente programa de química —ha añadido Van Bueran—. ¿Le has echado un vistazo?

He negado con la cabeza.

Él ha sonreído y ha rebuscado en un cajón de su escritorio. Después me ha entregado el folleto de la universidad. Todas las personas que aparecían en la portada parecían haber tomado las decisiones correctas en la vida.

—La Universidad de Saint Louis te prepararía para ingresar en un posgrado de primera —ha dicho.

Me he encogido de hombros.

—Deberías pensarlo —ha sugerido.

He hecho un gesto de asentimiento.

No suelo hablar mucho, pero cuando me pongo, Ramona me escucha con atención. De vez en cuando, me cabreo con mi padre por largarse del modo en que lo hizo y seguir sin interesarse demasiado por mí. Nunca he querido hablar de ello con nadie que no fuera Ramona.

Y un día en el garaje me dijo:

—Sammy, tal vez tu padre esté haciendo todo lo que puede. Tal vez no sea capaz de ofrecer ningún tipo de apoyo emocional. Es triste, pero hay gente que es así. Es mala suerte que tu padre sea una de esas personas, pero seguro que es mucho peor estar en su pellejo.

Al pensar en ello, me di cuenta de que era verdad.

Es un hombre que no tiene amigos. Dejó a su esposa porque esta lo despreciaba por no haberse sincerado jamás con ella. No sabe qué hacer con su hijo, así que se gasta el dinero desde la distancia.

Mientras pensaba en ello, fui consciente de que dolía menos sentir lástima por alguien que estar cabreado con él, porque no puedo cambiar la forma de ser de mi padre.

Y nunca me habría dado cuenta de cosas como esta de no ser por Ramona.

¿Cómo voy a tirar por tierra todos los planes que ha hecho?

Tom

Cuando empecé el instituto, los de último curso me parecían supermayores. Ahora, los nuevos me parecen unos críos. Pero la verdad es que eso es lo único que ha cambiado; todo lo demás en este lugar sigue exactamente igual.

Los populares se juntan en el patio antes de clase. Los marginados están confinados en la cafetería durante todo el curso. Los deportistas pasan el rato junto a las puertas del gimnasio como si se murieran por entrar. Yo sigo sentándome con la espalda apoyada en la pared sur, junto a todos los demás chavales que quieren diferenciarse del resto.

Me llevo bien con mucha gente en el instituto, pero no tengo un grupo. Me invitan a fiestas y a veces voy, pero en realidad no formo parte de su mundo. Soy como un amigo satélite.

Me gusta sentarme cerca de los frikis de teatro (no con ellos) porque sus conversaciones suelen ser las que más me interesan. Sin embargo, hoy es el primer día de clases, por lo que Ally ha organizado una reunión semioficial para escoger las obras del año.

En cuarto, Ally Tabor me pidió salir y yo acepté porque pensaba que debía hacerlo, así que salimos juntos unas semanas. Me dio igual que me dejara y, en general, creo que tenemos bastante buena relación. Su verdadero nombre es Alejandra. Es el tipo de chica que siempre viene con un delineado de ojos nuevo, se muerde las uñas y, cuando se las pinta, siempre es de negro. (No me extrañaría que llevara usando el mismo bote de pintaúñas desde que empezó el instituto). Ally es la presidenta del club de teatro, cargo que se toma muy en serio, lo cual me gusta de ella.

En este momento está sentada con las piernas cruzadas, y el resto de los frikis de teatro forman un círculo a su alrededor.

—Si programamos bien la representación de *Muerte de un viajante*, asistirá como mínimo media clase de cuarto para no tener que leer la obra en la asignatura de Literatura Estadounidense —está diciendo—. Y los vagos de cuarto de este año podrían convertirse en los jóvenes artistas del que viene.

Todos los demás asienten ante su sabiduría. En los últimos minutos, algunos novatos vestidos de negro se han acercado al grupo. También asienten con la cabeza, mirando a los demás como si pidieran permiso para participar.

A tres metros a mi derecha, el grupo de chavales que se creen vampiros o algo así discuten sobre quién le debe un cigarrillo a quién. Desde aquí también veo a los roqueros del montón, unos aburridos que piensan que son músicos superreivindicativos. Intento ignorar sus conversaciones, porque cada vez que los escucho, me dan vergüenza ajena.

Vuelvo a ponerme los cascos y me apoyo contra la pared.

Nada ha cambiado; nadie espera que salude ni nadie hace nada en lo que me apetezca participar. Si quieres sobrevivir al instituto: encuentra un lugar seguro y luego mantén la cabeza gacha mientras esperas a que se acabe.

Ramona

Los miércoles después de clase no voy a casa de Sam, como hago casi a diario. Cuando llego a la mía, dejo la mochila junto a la puerta y voy de cabeza a sentarme al piano que tenemos en el salón. Es un viejo piano vertical, pero era de mi madre y lo hemos cuidado muy bien.

John, mi profesor de música, me hace repetir todas las escalas cada vez más rápido. Ahora mismo estoy con las escalas del do.

Es. Un. Aburrimiento. De. La. Hostia.

Do, re, mi, fa, sol, la, si, do.

Do, re, mi, fa, sol, la, si, do.

Do, re, mi, fa, sol, la, si, do.

Pero si no puedo tocar la escala de do mayor con el metrónomo a 150 pulsaciones por minuto para mañana por la tarde, John podría mencionarlo delante de mi padre, que ayer ya me dejó caer que los ensayos con el grupo me quitan demasiado tiempo para el piano.

Se toma mis clases de música tan en serio como las notas escolares. Además, las paga con el dinero del seguro de vida de mi madre y apoya totalmente que quiera ir al Artibus. Muchos padres preferirían que sus hijos estudiaran una carrera más útil, pero el mío quiere que sea pianista como mi madre.

Él no es músico en absoluto, pero es un tipo bastante molón. Para ser padre, quiero decir. Especialmente para su edad. Le gusta que discutamos sobre política, y siempre se queja de que el profesorado no suele alentar a los adolescentes a pensar por sí mismos. Incluso me defendió cuando hubo el dramón por la corbata, y no hay que olvidar que el director del Saint Joe es su jefe.

Supongo que nos llevamos mejor que muchos otros hijos con sus padres. Pero, a ver, es que solo nos tenemos el uno al otro en casa.

Así que iré al Artibus con Sam y estudiaré piano allí. John dice que tengo el talento suficiente como para hacer carrera si sigo sus indicaciones y practico mucho.

Do, re, mi, fa, sol, la, si, do.

Do, re, mi, fa, sol, la, si, do.

Sam

Ha sido raro pasar tanto tiempo con Tom. Ramona está todo el rato preguntándole qué piensa sobre una canción u otra, o discutiendo con él sobre distintas bandas. Y a mí me gusta escuchar a la gente hablar, sobre todo a Ramona, pero esta última semana he echado de menos estar a solas con ella.

Hoy, en el coche de Tom, Ramona estaba soltando su discurso «Yes es filosófica y científicamente la mejor banda de la historia». Ya había terminado su exhaustiva comparación entre Bill Bruford y Alan White cuando Tom la ha interrumpido:

—«Owner of a Lonely Heart».

—¿Qué?

Casi nadie es capaz de parar la avalancha de pensamientos que es la mente de Ramona, pero Tom lo ha hecho como si nada, sin apartar la vista de la carretera.

—Está clarísimo que «Owner of a Lonely Heart» es una lacra en la discografía de Yes. Es una blasfemia musical —ha respondido.

—Me encanta de lo mala que es.

—Sí, es impresionante, pero eso no es un punto a su favor. Intentaban componer una buena canción y no lo consiguieron. Las cosas como son.

Ramona ha abierto la boca para contestar.

—Tom tiene razón —he terciado—. Es una de las mejores bandas de la historia, pero incluso las buenas bandas eran malas en los años ochenta.

—Bueno —ha dicho Ramona y se ha quedado en silencio.

Muda.

Ramona se ha quedado callada.

Y he de admitir que ha sido bastante satisfactorio, porque «Owner of a Lonely Heart» es una canción malísima.

Luego Ramona se ha echado a reír y ha claudicado:

—Vale, en eso os daré la razón.

Y ahí he visto que tal vez Tom fuera un buen fichaje.

A Ramona le va bien tener a alguien que le baje los humos de vez en cuando.

Se ha girado y me ha sonreído.

Y ahí he visto que probablemente sea bueno para mí que haya alguien más entre Ramona y yo.

Tom

Todo a mi alrededor son oportunidades desaprovechadas.

Muros de cemento en blanco, farolas, cubos de basura públicos… ¿Por qué tiene que ser ilegal que venga alguien y decore todas estas cosas, que las convierta en obras de arte?

Es cierto que la belleza está en los ojos de quien mira, pero hay una clara diferencia entre el arte y los grafitis pandilleros o los delitos de odio.

Al menos, la diferencia está clarísima entre los grafitis pandilleros y Purpurina hasta en las Orejas.

En los últimos dieciocho meses he recubierto de purpurina plateada o dorada treinta y tres bolígrafos de mesa con cadena (que pronto pasarán a la historia). He pintado de azul, verde, rosa y melocotón los quioscos de pedido de cuatro restaurantes de comida rápida. En tres vecindarios muy dispares de la ciudad, cubrí tres adoquines con cinco centímetros de purpurina multicolor que había comprado en mi tienda de manualidades favorita, Grift

Craft. (Sí, tengo una tienda de manualidades favorita, ¿y qué?).

Y bombardeé con purpurina una boca de incendios.

Sabía que eso era pasarse de la raya, pero sentí que era el momento. Fue una decisión táctica y, además, rebosaba confianza. Sara y yo llevábamos cinco meses juntos. Entendía tanto la finalidad de Purpurina hasta en las Orejas como a mí, y era brutal tener a alguien que me comprendiera.

Por cuestiones de seguridad pública, utilicé purpurina roja y amarilla para mantener los colores originales de la toma de agua, y tuve cuidado de que no cayera purpurina ni pegamento en las aberturas. (Para mí, es muy importante que mi arte no cause daño alguno). Una vez que hube terminado, la boca de incendios estaba y funcionaba exactamente igual que antes, con la única diferencia de que brillaba.

Y ¿por qué no? ¿Por qué todas estas cosas con las que hemos de convivir (las bocas de incendios, los semáforos, las paradas de autobús y los pasos elevados) no pueden ser hermosas y únicas, o al menos interesantes a la vista? Hay gente que lo haría de mil amores por la comunidad, gente para la cual el arte no debe limitarse a las galerías.

No está de más considerarlo al menos, ¿verdad?

En fin, que estaba orgulloso de cómo me había quedado la boca de incendios.

La ciudad de Saint Louis no parecía la misma.

El poli se presentó en casa a la hora de la cena, muy oportuno por su parte.

Mi madre y yo todavía estábamos sentados a la mesa cuando mi padre me llamó. Por su tono de voz, supe que pasaba algo.

En la placa del policía ponía «Smith».

En su rostro se leía «profunda preocupación».

—Hijo, ¿es este tu coche? —me preguntó el agente Smith mientras me entregaba una instantánea de una cámara de seguridad. En ella se veía mi coche en el callejón junto a la boca de incendios.

—Sí, señor —dije. Había supuesto que este momento llegaría y pensaba irme con la cabeza bien alta.

—Qué casualidad, señor Cogsworthy —empezó el agente Smith. (Odio con todas mis fuerzas que los adultos me llamen «señor», como si me estuvieran tratando con respeto cuando en realidad es todo lo contrario)—. Qué casualidad que su coche, que está cubierto de purpurina, fuera grabado cerca de un elemento de propiedad urbana que sufrió un acto de vandalismo con purpurina.

No pude evitarlo.

Me reí.

Me reí frente al agente Smith y mis padres, porque «vandalismo con purpurina» era la frase más divertida que había escuchado jamás en voz alta y en un tono tan serio.

Voy a resumir la historia y decir que al final tuve mucha suerte. Técnicamente me arrestaron, aunque en realidad nunca salí de casa de mis padres, y cuando tuve que presentarme ante un juez, leí la disculpa que me había escrito mi madre, en lugar del manifiesto artístico que yo había preparado. El juez fue indulgente porque, según dijo, tenía un nieto que es «como yo» (ni siquiera voy a hacer ningún comentario al respecto), así que me tocó hacer dieciséis horas de servicio comunitario limpiando grafitis pandilleros por los vecindarios.

Mi padre y mi madre, que me han atado bien corto desde entonces, también me castigaron durante dos meses.

Lo peor fue que Sara quiso que renunciara al proyecto Purpurina hasta en las Orejas. Y fue entonces cuando empezamos a discutir.

Ramona

—Lo que le pasa a Neil Peart —les estoy explicando a los chicos— es que sabe que la batería acústica será siempre el alma de la percusión, pero aprovecha las innovaciones de la batería eléctrica.

Es una tarde como otra cualquiera en el garaje de Sam. Hemos hecho una pausa antes de ponernos a grabar la canción nueva. Hoy Tom se ha traído el panel táctil ese del caos, su colección habitual de pedales y un diyeridú. Hemos estado un rato trasteando y enseguida ha surgido una canción. La música que componemos con Tom es extraña y emocionante; no suele ser compleja en un sentido técnico, pero siempre es original.

La canción que hemos compuesto hoy comienza con un solo de diyeridú y luego entra Sam con un riff brutal del sitar que su padre le trajo de la India. Justo cuando entro yo con el ritmo múltiple, Tom pasa de tocar el diyeridú a reproducir una grabación en la que mete varios efectos, y Sam empieza a tocar la melodía principal con la guitarra eléctrica.

Es una pasada la que tenemos montada entre instrumentos, pedales y cables por todo el suelo. Sam incluso ha tenido que ir a por otro alargo. Hay tal desorden que estamos los tres de pie o sentados tras nuestros instrumentos sin poder movernos.

—La batería eléctrica la inventó aquel tío de Moody Blues —afirma Tom—. Merece un lugar en el corazón de todo percusionista que se precie. Y una banda sin un verdadero cerebro de la percusión no puede trascender.

—Nosotros no tenemos ese problema —responde Sam.

—Gracias —digo—, pero no creo que merezca el cumplido. Se me da bien la batería, sí, pero no tengo tanta visión.

—¿Recuerdas el otro día cuando comentaste lo mucho que te gustaba el sonido que hacías al tocar con las baquetas en el suelo del garaje? —pregunta Tom—. ¿Por qué nunca lo has grabado para una canción?

Algo dentro de mí empieza a coger forma.

—Tratas todo lo que te rodea como si fuera una batería —apunta Sam—. Ya puestos, podríamos empezar a incorporar eso en la banda.

Noto el pecho liviano, como si de repente mis pulmones
tuvieran más sitio. Pienso en mis golpes sobre el escritorio,
el volante de Sam o la banqueta de mi piano. Recuerdo el
sonido de mis baquetas contra el cemento, el plástico y las
maderas huecas, pero también contra el espeso y oscuro
asfalto bajo mis manos inquietas.

Jamás creí que mi música fuera original y, quizá, del gusto
general.

Y pensar que con Tom casi paso de hablar…

Sam

Mi madre es una mujer adulta que nunca se ha comprendido a sí misma y probablemente nunca lo haga.

Cuando mis padres se conocieron, había dejado Teatro para ponerse a estudiar Trabajo Social. Dejó la universidad cuando se casaron.

Cuando yo era pequeño, mi madre siempre estaba buscando algún deporte diferente al que apuntarme, alguna actividad nueva: alfarería, capoeira, teatro infantil... A los once años, le dije que no quería probar nada nuevo, que solo quería seguir con mis clases de guitarra.

En los seis meses previos a las últimas elecciones presidenciales, se volcó en la política. Hablaba en asambleas públicas y me compraba camisetas de campaña con mensajes ingeniosos. Recorría los distintos vecindarios inscribiendo a la gente para votar. Habló de postularse para la alcaldía, de cambiar las cosas con la democracia. Su candidato perdió. Ya nunca habla de política.

Justo antes de divorciarse, empezó a comentar que siempre se había considerado una persona muy espiritual. Comenzó a hacer yoga y se ponía pulseras con imanes y cascabeles. Durante un tiempo habló de vidas anteriores y energías, pero se le ha ido pasando. Todavía hace yoga algunos fines de semana, pero ahora le ha dado por ver programas de cocina y probar sus recetas. Es mucho más divertido ahora que ha pasado la fase de bebidas a base de hierbas.

Yo, por mi parte, sigo teniendo mis guitarras y los ensayos con el grupo.

Quiero a mi madre. La respeto más que a mi padre.

Pero también sé que no quiero ser como ella. Me encanta la música y, en especial, tocar la guitarra.

Pero no me gusta tanto como para tener que pasar por todo lo que implica convertirse en músico profesional.

La música siempre formará parte de mi vida. Una parte importante.

Pero me gustan también otras cosas y no quiero renunciar a ellas para perseguir una sola.

Quiero hacer del mundo un lugar mejor, trabajar por el medioambiente.

Y me gusta mucho la química. Muchísimo.

La música siempre formará parte de mi vida. Una parte importante.

Pero no estoy hecho para la vida del músico.

Lo sé porque me conozco lo suficiente.

Tom

Antes de romper, Sara y yo discutimos por los peces de colores.

Se me había ocurrido una idea brillante y ella se opuso por motivos éticos.

Fue a finales de la primavera pasada, hacia el final de nuestra relación, supongo. Después de clase me fui a la tienda de animales Juan's Fish Emporium a comprar algunos pececillos de esos que no son para tenerlos como mascotas, sino que en realidad son comida para mascotas. (¿Por qué querría nadie tener como mascota un pez que se come a otros peces? ¿No es un montón de trabajo, además de siniestro?).

Esos pececillos cuestan unos diez centavos, y me gasté veinte dólares. Luego crucé la ciudad para recoger a Sara con el coche. Se había quedado hasta tarde en el Saint Joe por una reunión del consejo estudiantil. Cuando iba a buscarla al instituto, nunca entraba en el campus con el coche, sino que aparcaba junto a las puertas. A ella no parecía importarle.

—Menuda cita te he preparado, niña —le avancé mientras se subía al coche.

—¿En serio?

Se llevó ambas manos a la cabeza y se apretó la coleta. La había retratado en mi diario en esa postura.

—Ya lo creo —asentí—. Vas a flipar.

Señalé el asiento trasero con la cabeza. Sara ahogó un grito cuando vio las bolsas de peces de colores.

—¿Qué…?

—Tú espera y verás —la interrumpí.

Conduje hasta el centro de Saint Louis, donde hay una enorme fuente adornada de cabo a rabo con las típicas sirenas guerreras de aspecto sugerente. Ese era nuestro destino.

Aparqué a unas manzanas de distancia y, antes de salir del coche, me puse una de las gorras de béisbol de mi padre de manera que la visera me tapara la cara. Le pasé a Sara una de las bolsas con pececillos y cruzamos juntos la plaza.

—Este es el primero de una serie de proyectos afines a Purpurina hasta en las Orejas —le dije—. Voy a llamarlo algo así como «¡Bum! ¡Dosis de realidad!».

Cuando llegamos a la fuente, abrí la primera bolsa y vertí los peces en el agua.

Estos se asustaron un poco al principio, pero luego se calmaron y comenzaron a nadar en círculos como en la tienda de mascotas. Fue una pasada.

Vertí la segunda y la tercera bolsa.

Comparadas con aquellos pececillos, tan reales, las sirenas parecían ridículas.

Me volví hacia Sara y cogí la última bolsa. Por un momento, no quiso soltarla. Pensé que estaba nerviosa, porque algunas personas nos miraban desde el otro lado de la calle. Le quité la bolsa de las manos y liberé hasta el último pececillo. Luego saqué el móvil, hice una foto rápida y cogí a Sara por el brazo mientras me daba la vuelta. Corrimos juntos de regreso al coche, que puse en marcha en cuanto cerré la puerta.

—Mañana será aún más increíble —dije—. Cuando estén todos muertos, será espantoso. Peces de colores sacrificados a ídolos con forma de pez.

—Pero serás tú quien los ha matado —apuntó Sara.

Aparté la vista de la carretera para mirarla. Tenía los brazos cruzados sobre el pecho en actitud defensiva, pero fui incapaz de identificar la expresión en su rostro.

—Iban a morir de todos modos —respondí—. Son comida para peces.

—Son seres vivos —terció—. ¿No es ese el propósito de tu proyecto artístico?

—Tú comes carne.

—Eso no tiene nada que ver.

Seguía con los brazos cruzados sobre el pecho y ahora tenía cara de enfadada.

—Entonces ¿qué?

No dijo nada, así que yo tampoco. La llevé a casa sin preguntarle adónde quería ir. Antes de salir del coche, se volvió hacia mí.

—Lo que pasa es que ya no deberías hacer estas cosas, Tom. ¡Te arrestaron! Sé que sientes auténtica pasión por tu arte, tu música y todo eso, pero tal vez me gustaría tener una cita de verdad algún día —me reprochó—. Una cita en la que me trates realmente como a una novia.

Dicho esto, antes de que yo pudiera responder, cerró la puerta de golpe.

El día siguiente era sábado. El domingo la llamé y actué como si nada hubiera pasado y, para mi alivio, ella también.

Una semana después leí un artículo en el *Post Dispatch* que decía que una «gamberrada» había obstruido con peces de colores el sistema de filtrado de una fuente del centro, lo que le había costado a la ciudad cinco mil dólares. Casi me da un infarto, porque todavía estaba en libertad condicional. Además, aquello me disgustó muchísimo, ya que no estoy a favor de causar ningún daño.

Quise contárselo a Sara y admitir que tal vez debería haberlo pensado mejor, pero rompió conmigo antes de que tuviera la oportunidad.

La verdad es que no quiero rememorar esa conversación.

Ramona

El corazón me va a mil por hora.

El garaje de Sam es una sala de conciertos para la banda de noise rock experimental más rompedora, vanguardista y provocadora del planeta. Por encima del sonido de mi respiración, escucho el zumbido de la guitarra de Sam, que ya termina. Se hace el silencio y en mi imaginación el público grita.

Acabamos de tocar lo mejor que hemos hecho jamás. Miro a Sam y una dulce sonrisa va asomando poco a poco a su rostro.

—Chicos —digo—, somos los Vivaldi del futuro.

Tom se ríe. Tiene una risa agradable. Es muy mono cuando no está suspirando por los rincones, lo cual ha estado haciendo mucho menos últimamente.

Sam cruza el garaje y guarda la grabación en el portátil.

—Creo que estamos listos para que Nanami escuche nuestro nuevo estilo —afirma—. Además, ayer publicó preguntando por qué no habíamos subido ninguna canción o vídeo últimamente.

—Estoy de acuerdo —asiento.

Salgo de detrás de Griselda y me tumbo en el fresco suelo de cemento.

—¿Quién es Nanami? —pregunta Tom.

—Nanami es nuestra fan —le explico—. Y si no le gustas, entonces nos buscaremos a otra.

—Si tiene alguna crítica, deberíamos escucharla al menos —apunta Sam, que se sienta a mi lado—. Lleva mucho tiempo con nosotros al pie del cañón. —Baja una mano distraídamente y la deja cerca de mi cabeza, rozándome el pelo. Fantaseo con la idea de que quizá le gustaría acariciármelo.

—Pero le vas a encantar, Tom —apunto—. Lo sé.

—Tú sabes muchas cosas —responde él mientras se sienta a mi otro lado.

—Nunca me equivoco.

—Casi nunca se equivoca —me corrige Sam.

Tom sonríe, más de lo que lo había visto sonreír hasta ahora. Sé que le gusta estar en nuestra banda. No suele hablar de otras personas, así que no estoy segura de que tenga más amigos.

—Bueno. Hacemos una pausa, Sam mezcla la canción en un pispás y luego la subimos.

—Genial —exclama Sam.

—Supongo que ahora ya serás un miembro oficial, Tom —señalo.

—Pensaba que ya lo era. Llevamos un mes ensayando juntos.

—Ahora eres un miembro oficial para Nanami —le digo—. Es un nivel completamente nuevo. Quizá hasta te dejo ponerle título a la próxima canción.

—Pero no a esta —interviene Sam. Me incorporo de inmediato sobre los codos, porque Sam no se planta muy a menudo—. Se me ha ocurrido un título mientras tocábamos.

Ya en su habitación, me siento a los pies de la cama y reboto mientras él y Tom se inclinan sobre el escritorio. Sam tiene un cuarto muy chulo. Cuando su madre pasó por la etapa de decoración de interiores, colgó todas sus guitarras en la pared. Y ahora su cuarto es el doble de chulo porque lo peta y encima es práctico.

—Me vas a romper la cama —me riñe Sam por encima del hombro.

En el siguiente bote, me pongo de pie de un salto y voy hacia su escritorio. «Deadly Moving Pieces» ha terminado de subirse. Sam está escribiendo lo de siempre: «Samuel Peterson, a la guitarra y Ramona Andrews, a la batería —y luego añade—: Tom Cogsworthy, ente del caos».

—¿Qué? —interviene Tom—. O sea, mola, pero ¿qué significa?

—¿No es eso lo que haces con el caos como se llame? —pregunto—. El sintetizador ese con botones y panel táctil.

—Kaosolator, con K —especifica a Sam—. Pero me gusta lo de «ente del caos».

Al final, Sam lo añade como «Tom "Ente del caos" Cogsworthy, al Kaosolator».

Tom se ríe. Está empezando a ser un sonido que me gusta mucho.

Sam

Ramona y yo tuvimos algo así como una cita una vez.

De repente decidió que deberíamos ir al menos a algún baile de antiguos alumnos.

—Será horrible, así que nos iremos pronto y haremos algo guay de verdad —dijo—. Pero estamos en el instituto y deberíamos poder decir que fuimos a algún baile.

Así que eso hicimos.

Ramona fue muy guapa: llevó un vestido corto de color azul y se puso gomina con purpurina en el pelo para peinárselo de punta. Se sorprendió cuando le regalé un ramillete para la muñeca, pero supuse que era lo que se hacía en estos casos. Eran dos rosas blancas. Todavía lo guarda en la estantería de su habitación.

Después de escaquearnos del baile, cogimos el coche hasta el aeropuerto Lambert y nos quedamos mirando cómo despegaban y aterrizaban los aviones. Nos sentamos en el capó y nos apoyamos contra el parabrisas. Hacía fresco, incluso para ser otoño, así que llevábamos la chaqueta de cada día sobre la ropa del baile. Ramona habló de nuestro instituto y de todos los chavales que no tenían claras sus prioridades. Y hablamos sobre que todo el mundo acaba siguiendo un patrón y nos preguntamos si habrá alguien capaz de escapar de eso.

—A veces, el mundo entero me parece una enorme máquina de fabricar personas, que se van convirtiendo en el tipo de persona que se espera que sean. Y eso me asusta —contestó.

»Hay momentos en los que siento que me llama, que me dice que tome el camino más fácil, que deje de esforzarme tanto por ser yo misma, que me limite a las cosas simples de la vida. Y no para jamás. La máquina puede atraparte a cualquier edad. Nadie es demasiado mayor para venderse —continuó.

Luego se volvió hacia mí con una expresión de esperanza en la cara, como si tal vez yo pudiera calmar un poco sus miedos.

Quise cogerla y decirle que era la persona más increíble e interesante que había conocido jamás, que era valiente y divertida, y que cambiaría el mundo con la música extraordinaria que iba a componer. Y quise besarla. Me moría de ganas.

Casi lo hice. Lo pensé de veras.

—Creo que mientras seas capaz de ver la máquina —dije en su lugar—, tendrás la posibilidad de escapar de ella.

Ramona sonrió. Creo que lo que dije estuvo bien.

Que hice bien.

Si hubiera querido besarme, lo habría hecho ella misma.

Tom

—Este el plan —empiezo a decir.

Me llevo a Ramona a bombardear con purpurina.

—Técnicamente, lo que estamos a punto de hacer es ilegal —añado.

Para ciertas figuras de autoridad, todo lo que estamos a punto de hacer es superilegal.

—Atravesaremos este aparcamiento como si estuviéramos tomando un atajo. Cuando lleguemos a la valla, soltaremos una bomba de purpurina. No vamos a hablarlo. Lo hacemos rápido y luego nos largamos.

Llevo una bolsa grasienta de comida rápida en las manos, pero ya nos hemos zampado las hamburguesas.

Dentro guardo dos botes de pegamento de contacto y tres de purpurina.

Ramona lleva un jersey de cuello alto negro, como si fuéramos espías en una película.

En realidad, su uniforme escolar nos habría servido como tapadera para una operación como esta, pero no se lo comenté.

Es jueves y cruzamos el aparcamiento los dos juntos. El ensayo con el grupo se ha cancelado porque Sam tiene un resfriado que, según Ramona, «es tan contagioso como la peste».

Llegamos a una valla de alambre rota que está apoyada contra un árbol de esos que estorban más que adornan las calles. Hemos venido a las afueras del centro de Saint Louis, a un barrio que antes era de bien, pero donde ahora no querrías estar cuando anochece.

Antes había una escuela de primaria aquí: era una zona prometedora en la que se veía niños jugando. Pero ahora el departamento de Educación lleva mucho tiempo intentando vender el edificio, y este rincón del aparcamiento ha quedado olvidado. Nadie que atraviese esta valla trama nada bueno, o quizá la suerte no está de su lado (ni lo haya estado jamás).

A mí me encanta visitar estas partes de la ciudad. Me encantan los carteles antiguos y las paredes de pintura descolorida que anuncian negocios cerrados tiempo atrás. Me encantan las flores silvestres que crecen en las grietas de las aceras y en los canalones. Me gusta imaginarme a la gente que vivía y trabajaba aquí.

Todo el mundo pensaba que estos edificios estarían siempre abarrotados, que el vecindario continuaría en pie. Pero la gente siguió con su vida, se gastó su dinero, salió adelante y fue muriendo.

Por alguna razón, creen que el mundo no cambiará jamás. A mí me gusta imaginarme las escaleras de mi instituto desmoronándose, a alguien preguntándose qué habrá sido de mí.

Octubre baña con su luz la maleza que nos rodea. Bajo

nuestros pies, las grietas en el hormigón forman ríos que atraviesan continentes. Me pongo a embadurnar la valla con el pequeño pincel que trae el bote de pegamento. Lo hago de cualquier manera; el objetivo no es esmerarse.

La semana pasada, Ramona me preguntó sobre mi coche. Estaba tirada en el suelo del garaje de Sam, empapada en sudor después de haber tocado la batería. Sam había ido a ayudar a su madre con algo.

—Pasamos un montón de tiempo en el coche. Lo que se me hace raro es que no haya más gente que decore el suyo.

—Ya —asintió Ramona—. Si yo tuviera mi propio coche, garabatearía letras de canciones por toda la carrocería. También algunos dibujillos. Pero ¿no se te hace raro conducir un coche cubierto de purpurina por la ciudad?

—¿Por qué? —respondí—. Admite que no me preguntarías eso si fuera una chica. ¿Por qué tiene un único género el dominio sobre todo plástico reflectante? A mí la purpurina me parece brutal y me niego a aceptar las tonterías por las que se rige la sociedad.

Cuando terminé de hablar, Ramona me miraba extrañada. Sara también me miraba así.

—Llévame contigo la próxima vez que vayas a bombardear con purpurina —me pidió, tal como lo hizo Sara en su momento.

Me estaba sincerando con alguien y esta persona quería conocerme mejor en lugar de discutir conmigo.

Aterrador. Pero demasiado tentador para resistirme.

Ramona saca un bote de purpurina de color azul celeste. Se llama algo así como «Cuento de hadas», aunque dijo que le pegaría más algo del estilo «Polvo de hadas chifladas». Se afana a seguirme el paso. No hablamos, tal como le he indicado. Un coche pasa lentamente junto a nosotros; el conductor está absorto en una conversación telefónica. El parabrisas refleja el sol y me deslumbra.

Ramona trabaja con rapidez y, en poco tiempo, hemos cubierto casi dos metros de valla. Le hago un gesto y guarda la purpurina en la bolsa, que yo arrugo para cerrarla. Damos un paso atrás para admirar nuestra obra.

Hemos hecho magia en este patio de escuela olvidado. Los pegotes de purpurina captan la luz de octubre y transforman la valla en una frontera resplandeciente que separa este mundo, marcado por las drogas y la pobreza, de un lugar quizá mejor.

—Ahora entiendo el temor del que hablaba la Biblia —afirma Ramona.

Siento cómo se me tuercen las comisuras de los labios.

—Vamos, niña —le digo—. Tenemos que irnos.

Recojo la bolsa de papel y nos alejamos.

Ramona

¿Debería haber visto venir que me gusta Tom?

Porque no me lo esperaba.

Para nada.

Parecía superdeprimido cuando nos conocimos.

Varias semanas después me di cuenta de que lo encontraba mono.

Tiene una opinión demasiado alta de la percusión sintetizada.

Y sigue sin comprender la enorme importancia del rock progresivo.

Pero supongo que me pierden los chicos a los que no les importa ser ellos mismos.

Por otro lado, hoy le he llevado sopa de pollo a Sam.

Se la preparé cuando estuvo enfermo, pero luego mejoró antes de que pudiera dársela, así que hoy he cargado con ella para llevársela cuando viniera a recogerme. Y no le ha incomodado ni se ha puesto sentimental conmigo al decirle que era la receta de mi madre, sino que ha dicho:

—Entonces es como si fuera de parte de tu madre también. Mola.

Ha sido una respuesta tan propia de Sam…
Y rara también aunque no se dé cuenta,
lo cual parece ser otra de las cosas que me van:
un chico al que ser raro no le afecta.
Vamos, que sigo perdidamente enamorada de Sam.
Y ahora por Tom me he vuelto majareta.
Vaya cagada.
Quizá solo los tíos que tocan conmigo sean los que
me dejan embobada.

Sam

«¿SOIS UNA BANDA NUEVA? ¡OS ADORARÉ SIEMPRE!», decía el mensaje de Nanami. Era el viernes antes de Halloween y estábamos frente a mi portátil en el garaje. Nanami se había cambiado la foto de perfil. En esta salía poniendo cara de pez con otra chica que se había pintado unos ojos de estilo anime en los párpados.

—¿Somos una banda nueva? —ha preguntado Ramona.

De repente he caído en la cuenta.

—Sí —he respondido. Ella y yo somos April and the Rain, pero esto es algo nuevo. Tom nos ha hecho diferentes—. Necesitamos un nombre nuevo.

—Bueno, ya sabes lo que eso significa —ha dicho Ramona.

—En realidad, no —ha confesado Tom.

—¡Lluvia de ideas! —hemos gritado ella y yo a la vez.

Venía de la gasolinera tan cargado de bolsas que me he dado la vuelta para cerrar la puerta de casa con el pie.

—Con los años, Sam y yo hemos perfeccionado los pasos para adquirir el estado de holgazanería que estimula mejor la función cerebral encargada de la creatividad —le estaba diciendo Ramona a Tom en el salón—. Radiohead (obviamente), chocolate, palomitas con sabor a ajo y, agárrate: refresco de naranja.

—Sorprendente.

—Pero eficaz. Yo me siento en el hueco entre la tele y la esquina del sofá. Protegeré ese rincón con la fuerza bruta si es necesario.

—Habla en serio —exigí entrando en el salón—. Tuve un moretón con forma de baqueta en la pierna que me duró semanas.

No he podido evitar sonreír. Me encanta la seriedad con la que Ramona se toma nuestras sesiones de lluvia de ideas y estaba disfrutando de la veneración con que escuchaba Tom las reglas.

—Respetaré la santidad de tu hueco —ha asegurado Tom—. ¿Cuándo comenzamos?

—Ya —ha respondido Ramona.

Me he dejado caer en el sofá.

Tom

Hemos hecho una lista con los nombres para la banda (de reguleros a casi increíbles) que han salido en la lluvia de ideas:

Almuerzo interestelar (Ramona)
Una rosa es un rododendro (Yo)
Yonkis del achuchón (Ramona, descartado de inmediato por Sam)
Autoerotismo celestial (Sam, descartado de inmediato por Ramona)
Laberinto cerebral (Ramona)
Terrorismo de andar por casa (Yo)
¡Feng Shui a morir! (Sam)

Así es como nos hemos decidido al final.

Sam sigue tumbado en la misma posición, con las manos cruzadas detrás de la cabeza. Ramona está medio haciendo el pino contra la pared. (Esta es solo la segunda vez que la veo sin el uniforme escolar. Lleva unos tejanos holgados y pasados de moda, y eso me gusta). De repente cae de lado y aterriza con un ruido sordo que hace tintinear la porcelana que hay sobre la elegante repisa de la chimenea.

—Cuidado —advierte Sam.

Ni siquiera se vuelve para mirarla, y doy por sentado que está acostumbrado a que Ramona arme jaleo en su casa. También sonríe ligeramente, y me siento como un idiota por no haberme dado cuenta antes de que está muy pero que muy pillado de ella.

Sí que he sentido que estaba más inspirado con el picoteo de la lluvia de ideas, pero no hemos conseguido ponernos de acuerdo con el nombre del grupo.

—¿Sam? —dice Ramona. Ahora está tirada en el suelo de su hueco, tendida como la víctima de algún suceso violento—. ¿Recuerdas cómo te describí que me sentí cuando acompañé a Tom a bombardear con purpurina? Así me gustaría que llamáramos a la banda. Así es como me siento cuando componemos los tres juntos.

—Ya ves —respondo.

Sé de lo que está hablando.

Hoy mismo, antes de ver qué había comentado Nanami, hemos tenido ensayo. Hay una canción que empezamos hace un par de semanas y que no acababa de fluir. Ramona ha dicho que si no la sacábamos hoy, tendríamos que desecharla. Sam y yo hemos estado de acuerdo.

Hemos empezado como siempre, con Sam al bajo. Sin embargo, unos cuantos compases después, me he puesto a reproducir la contramelodía que tenía grabada en el Kaosolator y Ramona ha comenzado a tocar lentamente una marcha militar.

He bajado el tono hasta que se ha convertido en un sonsonete.

En ese momento he recordado cómo se mezclaba el azul de la valla con el cielo, cómo brillaba.

Y entonces Sam se ha puesto a tocar una melodía con la guitarra acústica.

Ha sido como si me hubiera arrancado los azules de la mente y hubiera convertido la imagen en música.

Ramona ha aminorado el ritmo y he visto el coche que pasaba junto a la valla y cuyo conductor, un extraño al que nunca conoceré, miraba ceñudo su teléfono. Por el rabillo del ojo todavía captaba los destellos azules que arrancaba la luz de octubre a la valla. El sol se ha reflejado en el parabrisas y me ha deslumbrado.

Y de repente estaba de vuelta en el garaje y la canción, llegando a su fin.

—Vandalized by Glitter —anuncio. Sam y Ramona se enderezan y me miran—. «Vandalismo con purpurina» es lo que alegó el policía contra mí cuando me arrestaron. Y, no sé, a veces las canciones que componemos suenan como si nos acercáramos a alguien y le tiráramos purpurina a la cara.

—Me ha parecido horrible hasta que has dicho eso de tirarles purpurina a la cara —interviene Sam—. Pero ahora lo pillo. Y me gusta.

—Vandalized by Glitter —repite Ramona—. Vandalismo.

—Con purpurina —apunto, moviendo las cejas. Ella se ríe y ya tenemos nombre.

Y yo tengo amigos de verdad, amigos que creo que me comprenden.

Ramona

La banda lo está petando. La semana pasada recibimos los tres la carta del Artibus donde nos invitaban a matricularnos en nuestra especialidad. Sigo enamorada de Sam, pero ahora encima estoy colgadísima por Tom, aunque creo que lo tengo bajo control.

Más o menos.

Llevamos dos tercios de semestre.

Por lo que ya va siendo hora de que tenga un encontronazo con mi archienemiga.

Emmalyn lleva todo el semestre a un pelo de sacarme de quicio. No es que me importe lo que vaya diciendo sobre mí, pero es que estoy harta. Me digo a mí misma que probablemente sea infeliz, que tal vez esté celosa, pero no tiene ningún derecho a despreciarme de esa manera tan directa y pública. Nunca le he hecho nada a menos que ella me hiciera algo a mí primero.

Como hoy.

Es una tontería, pero estoy de muy buen humor esta mañana. Todo empieza a parecer real. Por fin podré largarme de este lugar. El universo va a tomarse en serio de una vez que quiero dedicar mi vida a la música. Además, he encontrado un par de botas negras de cuero, con tachuelas, que no llegan a ser militares, por lo que cumplen por los pelos con el código de vestimenta del instituto.

Así que entro en clase con una sonrisa.

Una muestra de auténtica emoción para algunas personas.

Una señal de debilidad para Emmalyn Evans.

—¿Se ha puesto esos zapatos ortopédicos para corregir la postura? —susurra en voz alta mientras me siento—. Porque no funcionan.

A mí me flipan mis botas, por mucho que digan las Emmalyns del mundo, pero resulta que tengo una postura de la hostia. De verdad que sí.

Y esa parte de su comentario me ha cabreado.

—Buenos días, Emmalyn —digo en voz alta—. Parece que tu padre ha vuelto a ignorarte todo el fin de semana.

—Ay, pero ¿qué le pasa a esa? —pregunta.

Y ahí salto.

—¡Que me hables a la cara! —Me levanto y le escupo las palabras—: Deja de cotorrear sobre mí y... háblame... a... la... cara.

En ese momento, el doctor Harris nos oye y le toca hacerse cargo de la situación, así que nos manda a Emmalyn y a mí al despacho del director.

Juntas.

En el instituto Saint Joseph, se espera que los estudiantes

tengan la cortesía de caminar tranquilamente hasta el despacho junto a su enemigo sin causar daño alguno. Como si los navajazos fueran peores que las lenguas.

—Ay, por favor —susurra Emmalyn una y otra vez—. Esto es tan absurdo…

—¿Con quién estás hablando? —le suelto—. ¿Me hablas a mí por fin o sigues cuchicheando?

—¿Por qué me mandan al despacho a mí? Estaba hablando con Hanna. Tú has sido quien me ha gritado.

—Estabas hablando de mí delante de toda la clase —digo. Tengo que callarme antes de volver a levantar la voz ahora que, a pesar de la tensión, consigo expresar al fin lo que llevo años queriendo decirle—. Esa fachada de adolescentucha chismorreando para que todos la oigan no engaña a nadie, ni siquiera al doctor Harris. Eres una matona.

—No soy ninguna matona —se defiende Emmalyn. De hecho, se detiene en medio del pasillo y se vuelve hacia mí—. Simplemente no me caes bien, ni tú ni los de tu especie.

—¿Mi especie? —digo. Esto es nuevo—. ¿Qué narices significa eso?

—Tienes que dejarle claro a todo el mundo que eres superespecial y superrara. —Levanta la cabeza bien alto—. Todo lo que haces, esos cortes de pelo y tus ridículas botas, es para demostrar que eres la hostia de original. Dices que no te importa lo que piense la gente de ti, pero no es verdad. Probablemente dediques más tiempo a tu aspecto que yo. Vas por ahí como si fueras una marginada torturada e incomprendida, pero no lo eres, ¿vale? Tienes amigos y tu peinado parece sacado de la *Teen Vogue*: «Cómo estar a la última con el look punk rock del momento». Así que supéralo, Ramona, porque estamos todos hartos de que vayas por ahí como si fueras un copo de nieve único.

Y lo que dice suena tan bien que me quedo sin palabras. (¿He caído en el postureo?). Me la quedo mirando, pero entonces el director sale al pasillo y nos recuerda que nos espera en su despacho. Y mientras vuelven a soltarme el viejo sermón sobre lo que espera el Saint Joe de sus alumnos, yo solo escucho la pulla de Emmalyn.

Estamos todos hartos
de que vayas por ahí
como si fueras
un copo de nieve
único.

(Postureo).
¿Y si es verdad? ¿Y si
he acabado en las garras de la máquina?

Sam

El padre de Ramona la ha castigado tras su última trifulca con Emmalyn Evans, así que no habrá ensayo con el grupo esta semana.

Para mi sorpresa, Tom me llamó el jueves por la tarde.

Me cae bien, pero nunca se me había ocurrido quedar con él sin Ramona.

—¿Quieres ir a comer algo? —me preguntó.

Asentí con la cabeza, pero luego recordé que estábamos hablando por teléfono.

—Claro —contesté.

Estábamos esperando frente a la ventanilla del autoservicio cuando sucedió: vimos el cartel.

—Odio esas mierdas —dijo Tom, señalando el lado del edificio donde colgaba un anuncio del restaurante de comida rápida.

Se suponía que la mujer de la imagen debía salir dando un mordisco a la nueva hamburguesa que estaban promocionando, la Snack Big, pero ni siquiera lo parecía. Era más bien como si fueran a darse un morreo.

—Supongo que el hecho de que una mujer se lo monte con una hamburguesa hará que los hombres la pidan —dije.

—Qué asco de sociedad —sentenció Tom—. Te juro que la odio. Toda esta mierda misógina debería haberse acabado mucho antes de que naciéramos.

—Supongo que entonces nos toca a nosotros arreglarlo. —comenté.

Yo estaba hablando de la sociedad, pero imagino que Tom pensó que me refería al cartel.

—Sam, tienes toda la razón —respondió. Y luego se bajó del coche, se acercó al anuncio y cogió el póster de la chica con su amante hamburguesa.

—¿Qué estás haciendo? —le pregunté cuando volvió.

—Vamos a arreglar el cartel, como has dicho —contestó Tom—. Ahora simplemente pagamos la comida y actuamos con normalidad. ¿Tienes materiales artísticos en tu casa?

No tenía materiales artísticos.

Grift Craft está en Soulard, un barrio aburguesado a las afueras de la ciudad, pero Tom me pidió que no juzgara la tienda con demasiada dureza por eso.

—Después de todo, tienen que ganarse la vida —concluyó mientras yo aparcaba en paralelo.

Me limité a asentir con la cabeza, pero por dentro me estaba riendo de que pensara que podría reprocharle que su tienda de manualidades favorita estuviera en un barrio de ejecutivos ricachones.

Ya fuera del coche, Tom dio un paso atrás e hizo un gesto dramático con un brazo para abarcar el horizonte de edificios de ladrillo rojo.

—La gente llevaba viviendo en este barrio desde finales del siglo diecisiete, y estas cosas sí que molan —declaró.

Asentí de nuevo, esta vez completamente de acuerdo.

Por dentro, Grift Craft parecía el jardín urbano de alguna bruja. Había cosas colgadas del techo con hilo de pescar o apiñadas en los estantes. «Cosas» es lo más específico que puedo ser. Los espejos reflejaban la luz, había objetos metálicos que repicaban entre sí con las corrientes de aire y proyectos artísticos en cada superficie, y las paredes estaban cubiertas de marcos y estantes. Había mil cosas por ver y mil pares de ojos, pintados o dibujados, de plástico o de poliestireno, que me devolvían la mirada.

—Ramona me habló de este lugar —dije.

—Sí, le encantó —asintió Tom.

La tienda tenía una forma extraña que los pasillos acentuaban, pero él me condujo sin problema hasta la parte trasera, donde estaba la zona de estarcido.

—Bueno, ¿qué mensaje queremos transmitir? O sea, puede que haya alguna mujer que quiera montárselo con una hamburguesa, y no hay ningún problema si es así, pero la gente debe saber que la están manipulando. ¿Cómo demostramos eso, Sam?

De pie frente a las plantillas de estampado, Tom me miraba con expresión implorante. Quería saber de veras lo que pensaba y se iba a quedar allí mirándome hasta que se lo dijera.

—La mayoría de la gente es bastante inteligente cuando se acuerdan de parar a pensar —respondí.

CONSUMID
CONSUMID
CONSUMID
Y MORID SIN PENSAR EN ELLO

Eso decía el cartel que colocamos en el marco frente al restaurante el viernes por la noche. Tom insistió en delinear las palabras con purpurina roja. Junto al mensaje, la mujer seguía con la hamburguesa pegada a la cara. A ella no le habíamos cambiado nada, pero ahora parecía como si la hamburguesa la estuviera asfixiando.

Al día siguiente, a última hora de la tarde, pasamos por el autoservicio y los empleados aún no habían quitado el cartel.

—Este es el mayor cumplido que recibiremos jamás —dijo Tom—. Nadie se lo ha dicho al gerente todavía, lo que significa que les gusta. Sam, me has hecho ver algo que no debo olvidar nunca: que la mayoría de la gente es bastante inteligente y guay.

Y al fin entendí lo que Ramona había visto desde el principio.

Tom estaba destinado a conocernos de la misma manera que un meteorito está destinado a llevarse por delante todo aquello que encuentre a su paso.

Tom

Así es como Sara rompió conmigo.

Me llamó a última hora de la tarde y dijo que se iba a pasar por mi casa. Después de ahorrar el dinero suficiente, se había comprado un coche y había dejado su trabajo en el centro comercial para poder hacer prácticas en la empresa de su padre durante el verano.

Las clases aún no habían terminado, pero ya casi no nos veíamos.

(Y sí, ahora me parece obvio).

Así que la esperé en el porche delantero y, cuando aparcó, bajé las escaleras. En la acera, le di un beso en la mejilla y Sara se puso a llorar.

—Tom, para —dijo—. Ni lo intentes.

—Intentar ¿qué? —repuse. Me sentí como el típico novio de una telecomedia que no se entera de nada. Ella se quedó allí llorando y yo me quedé allí sin hacer nada.

—No sientes eso por mí. Sé que no —dijo.

—¿A qué te refieres? —pregunté.

—No quieres acostarte conmigo —respondió Sara, de pie

en la acera frente a la casa de mis padres—. O sea, no es que esté preparada, pero tú... tú...

Las lágrimas le salpicaban las pestañas, se le estaba deshaciendo la coleta y los últimos rayos de sol de la tarde formaban un halo en el pelo que tenía suelto.

Era tan guapa...

Tenía razón.

—Te aburres de besarme —dijo—. Me abrazas, pero nunca intentas ir más lejos. Sabes que es verdad.

—Yo te quiero, Sara —tercié, pero sabía que era verdad.

—Sé que sí —respondió—. Pero eres gay, Tom. Y no pasa nada, pero...

—No soy...

—Será mejor que cortemos.

—No soy gay. —Le puse ambas manos sobre los hombros para que nos calmáramos los dos—. Simplemente no siento eso por nadie.

Hala.

Ya lo había soltado.

Le había confesado a Sara lo que nunca le había dicho a nadie en voz alta.

—¿No eres...? —Ella frunció el ceño y sacudió la cabeza.

—No soy gay. No soy heterosexual. Simplemente no me interesa el sexo.

—No te interesa. No te interesa el sexo —repitió, como si le hubiera dicho que me daba igual que no hubiese cura contra el cáncer.

—No sé por qué —continué. Intenté coger todas las dudas que había tenido durante años y explicárselo todo—. No estoy obsesionado con el sexo como todos los demás, nunca me ha interesado y en verdad parece causarle muchos problemas a todo el mundo. Pero te quiero, Sara. Creo que eres muy inteligente y preciosa, y me encanta estar contigo. Pero no quiero acostarme contigo.

La miré y ella me miró, y esperé que lo aceptara.

—No, Tom —dijo—. Eso no es posible.

—Es cierto. Yo...

—Tienes que aclararte un poco, Tom —me interrumpió. Estaba empezando a molestarme la frecuencia con la que decía mi nombre—. Somos seres sexuales. Te niegas a aceptarlo y no es justo para ninguno de los dos seguir con esta pantomima.

Entonces se alejó de mí y se subió a su coche. Y yo dejé que se marchara.

Porque para mí no fue una pantomima total.

Para mí, nuestra relación había sido todo lo que siempre había deseado,

pero a ella le había faltado la necesidad humana más fundamental.

No pude más que hacerme a un lado.

Y después de eso me quedé en la soledad más brutal.

Hasta que Ramona me encontró.
Y a Sam me presentó.

(Y empecé a pensar que tal vez hubiera alguien
con quien pudiera volver a contar).

Ramona

Hacía mucho tiempo que no tocaba el piano por diversión.

Me he pasado todas las tardes de la última semana y media sola con el piano en el piso de mi padre.

Tocando, no practicando.

Había olvidado lo que era eso.

Bach es mi compositor favorito. Es el rey del rock de la música barroca.

También me he entregado a las canciones de Tori y Fiona que tocaba como una posesa cuando tenía trece años.

Es un gustazo llenar el piso vacío con una canción que me encanta.

Adoro el contraste blanquinegro,
la vibración y el sonsonete
de este instrumento cuyos pedales bajo los pies tengo.

Cuando era pequeña, me pasaba así la mayor parte del tiempo. Con ello hacía feliz a mi padre y tampoco tenía amigos íntimos por entonces, cuando tocar el piano parecía ser mi propósito en la vida.

Los castores construyen represas.

Las abejas hacen miel.

Ramona toca el piano.

Todo mi mundo giraba en torno al piano. Era mi alegría y mi pasión, y cada adulto que conocía me felicitaba por mi dedicación.

Y entonces algo cambió, como pasa siempre.

Durante un tiempo estudié en McKinley, una escuela especializada en la ciudad. Me pasé todo sexto de primaria y primero de secundaria suspirando cada vez que veía a los de Música de segundo: si pasaban una audición, podían hacer Música Avanzada con la señora Trundle, mi profesora favorita. Los alumnos de esta asignatura formaban una banda, que en primavera tocaba como invitada con la filarmónica de Saint Louis en el Powell Hall, donde el mejor de la clase también tocaría un solo.

Como adolescente, ese momento en solitario se convirtió en el objetivo de mi existencia.

No hice más que tocar el piano en las semanas previas a la audición, y lloré de alegría cuando la pasé. El primer día de segundo curso, me tiré cada clase moviendo una pierna con nerviosismo, impaciente por que llegara la última asignatura que tenía ese día en la agenda.

Finalmente, llegó la hora.

Entré atropelladamente en el aula de Música, pero resultó que la señora Trundle no estaba allí.

Estaba el señor Jones, un hombre pelirrojo que llevaba una corbata extraña con forma de rayo y venía con nuevas ideas. Se plantó frente al aula y me desgarró hasta lo más profundo de mi ser.

—Estáis aquí porque tenéis un don y, por lo tanto, merecéis que se os ponga a prueba. Y eso significa salir de vuestra zona de confort. El instrumento con el que hicisteis la audición no será el que tocaréis en la filarmónica esta primavera.

Nos dijo que, durante los próximos meses, todos probaríamos nuevos instrumentos y, al final del semestre, seleccionaríamos el que tocaríamos en el concierto de primavera.

Odiaba al señor Jones.

Odiaba su corbata, sus ideas y su cara.

Lo odiaba con un fervor indescriptible.

Imagíname en un rincón del aula de Música rasgando enfurruñada las cuerdas de un violín, fulminando con la mirada al señor Jones mientras este daba alegremente indicaciones a un estudiante al piano.

Entonces llegó el viernes.

Y nos dijeron que, como regalo, formaríamos un círculo de percusión.

Odiaba al señor Jones y su puñetero rollo hippy.

Sin embargo, el ritmo me embaucó.

Disgustada, había cogido el bongo sin pensar, pero la variedad de la textura del sonido me dejó fascinada. La percusión no era tan insípida como había pensado.

Odiaba al señor Jones, pero el lunes me dirigí al rincón donde guardaba los instrumentos de percusión.

En el concierto de primavera toqué el xilófono, un instrumento de percusión con láminas dispuestas a modo de teclado. Me resultaba tan familiar que conseguí el codiciado solo por goleada. Al acabar, abracé al señor Jones con lágrimas en los ojos.

Y le dije a mi padre que iba a gastarme el dinero de mi cumpleaños en una batería.

Todavía toco el piano, pero también la batería.

Que adore la batería no ha hecho que deje de adorar el piano.

Así como Sam permaneció en mi corazón incluso cuando empezó a gustarme Tom.

Al parecer, hay cosas que no cambian por mucho que todo cambie.

Sam

—En tu vida habías hecho nada tan chulo —me recrimina Ramona. Estábamos en el instituto el lunes, bajo el descansillo del departamento de Música, donde nos conocimos. Le estaba enseñando la foto que había hecho con el móvil al cartel publicitario—. Me castigan y tú te vas de cabeza a hacer lo más chulo que has hecho jamás.

—Tú acompañaste a Tom a bombardear con purpurina —le he recordado.

—Ya. —Ha hecho una pausa inclinando la cabeza hacia un lado—. Cuando yo salgo con Tom, hacemos algo discreto, pero tú te vas con él y hacéis una cantada reivindicativa.

—Tom es el tipo de persona que saca el lado oculto de las personas —he dicho.

Ramona ha sonreído.

—Ya lo entiendes, ¿no? Entiendes por qué lo necesitábamos en la banda.

—Sí —he asentido—. Lo entiendo. No sé cómo lo supiste, pero tenías razón.

Ella ha sonreído de nuevo y se ha ajustado la mochila.

—Me gusta mucho —ha dejado caer.

—A mí también.

—Quería... Quería decir que me gusta de gustarme, Sam. Tom.

—Oh —he contestado, como un idiota.

—¿Te molesta? No quiero cargarme la banda. —Se ha encogido de hombros y ha apartado la mirada, antes de observarme con los párpados entornados. Guapísima.

Qué rabia que sea tan guapa.

—Claro que no —he respondido—. Quiero que salgas con quien tú quieras.

«Quiero que quieras salir conmigo», he pensado.

Ramona tenía una expresión ligeramente triste.

—Eres tan buen amigo... —ha dicho.

Entonces ha sonado la campana, recordándonos que debíamos ir a clase.

—¡Nos vemos después de clase en el ensayo! —ha gritado, antes de dar media vuelta y subir corriendo las escaleras, antes de alejarse de mí.

Alejarse de mí.

Tom

Hoy he quedado con Ramona en su casa. Vive con su padre en un edificio de pisos en la ciudad. Está bien, pero no se parece en nada a la casa de piedra rojiza donde Sam vive con su madre, que tiene cuatro plantas y el típico jardinazo que rara vez se ve en las áreas metropolitanas.

Frente a la puerta de Ramona hay un pequeño trozo de césped con un risueño Buda de color verde. El piso se ve abarrotado entre el piano de cola y las librerías de su padre. Es obvio que son una familia con intereses intelectuales.

Cuando hemos ido a su dormitorio, su padre le ha recordado que dejara la puerta abierta. En las paredes hay pósteres de Chopin, Björk, Kathleen Hanna y Evelyn Glennie. No me esperaba que la colcha de su cama fuera tan rosa y tan infantil.

—En primaria, fui a una escuela concertada medio hippy donde teníamos una clase llamada Reciclaje con Arte —me cuenta Ramona—. Íbamos, literalmente, por los basureros y fabricábamos cosas. Y ayer —dice, cogiendo una gran lata con un resorte larguirucho en la base que oscila— me acordé del día en que hice uno de estos.

Agita la lata con un gesto teatral. El resorte vibra y resuena en el interior de la lata. Suena como un viento atronador y siniestro que llena la habitación. Suena como el viento dentro de mi coche, el ruido que he estado intentando, sin éxito, replicar electrónicamente.

(Ramona debe de ser la chica más guay que conozco.

No sé por qué dudo.

Lo es. Estoy seguro).

—También sé hacer una pandereta con tapones de botella —añade, y se sienta a mi lado en la alfombra.

(Me recuerda a Sara,

pero, al mismo tiempo,

nunca había conocido a nadie que tanto me marcara).

—Deberíamos componer alguna pieza en la que tú y Sam toquéis instrumentos caseros mientras yo os grabo para reproducirla luego con efectos extraños —digo.

—¡Sí! —exclama Ramona, que extiende los brazos y el resorte resuena.

Me río.

—¿Qué? —me pregunta.

—Mírate —responde. Estoy sonriendo y ella también.

Pero sigo sin estar preparado cuando se acerca para besarme.

Quizá debería haberlo visto venir, pero no se me dan bien estas cosas.

Así que tengo que pensar con rapidez.

Me gustaría estar con ella de esa manera, tal vez

(no sé).
Pero es que la chica es especial,
así que dejo que me bese.
Y no está nada mal.
Pero enseguida pasa a haber poco más
que aburrimiento y humedad.

Luego nos cogemos de la mano, lo cual me gusta, y hablamos de ir al museo de arte con Sam, lo cual suena divertido.

Y la sonrisa de gozo de Ramona esconde ese sentimiento que solo yo entiendo en cierto modo.

Ramona

Tom.

Tom.

Tom.

Tom. Tom. Tom.

Tom.

TOM.

He besado a Tom.

Luego nos hemos sonreído, hemos hablado y nos hemos reído, y antes de irse a casa, me ha dado un beso de buenas noches y me ha dicho que me llamaría.

Ha sido todo tan natural.

Tan ideal.

TOM.

Tom. Tom.

No me puedo creer que lo haya hecho.

Me he acercado y lo he besado como si fuera una de esas tías guais superseguras de sí mismas.

Me preocupaba que no le gustara cómo beso.

La verdad es que no besaba a nadie desde segundo.

Y un chico tan guay como Tom debe de tener mucha experiencia.

Pero me ha devuelto el beso, así que será que también le gusto.

Mañana después de clase iremos al garaje de Sam y tocaremos juntos.

Entre risas, cogidos de la mano iremos.
Todo será ideal, porque novios seremos.
(Y así, cuando mire a Sam, olvidaré mis anhelos).

Sam

Sabía que este día llegaría, así que me ha sido fácil fingir que no me importaba. Sabía que, algún día, alguien vería a Ramona del modo en que la veo yo.

También sabía que acabaría gustándole alguien.

No digo que esto no duela muchísimo.

Porque duele muchísimo.

Duele de la hostia.

Pero allí estábamos, sentados en el suelo de mi garaje como si fuera un jueves cualquiera, escuchando la mezcla final de nuestra mejor canción. Es la pieza con un sonido más profesional que hayamos hecho en la vida.

Tom estaba sentado con las piernas cruzadas y se quejaba de que nuestras vacaciones de Navidad empezaban suuuperpronto y duraban un montón. Es verdad que Ramona y yo acabamos las clases tres días antes que él, pero también volvemos dos días antes.

Ramona tenía una mano sobre la rodilla de Tom.

Y es increíble lo mucho que lo ha cambiado todo ese simple gesto.

Tenía la mano quietísima.

Quieta como nunca cuando está conmigo.

Los dedos le caían sobre la rótula de Tom y descansaban sobre sus tejanos.

—Tom y yo estamos juntos —me ha dicho hoy en clase.

—Genial —le he respondido, como si lo pensara de verdad, y luego hemos hablado de otras cosas.

Al parecer, Ramona está encantada porque Emmalyn la ignora. Pero yo no podía parar de pensar en que luego estaría sentado en el garaje, a solas con ellos dos.

Ramona se ha pintado las uñas.

Nunca se las pinta. Debió de hacerlo anoche (por él), pero, cómo no, el esmalte ya estaba desconchado.

Imagino su mano sobre mi rodilla, un peso suave y silencioso que me decía que es mía. Ahora que la he visto con él, guardo la imagen en mi mente, pero soy yo quien está en el lugar de Tom.

—Chicos, esta canción es brutal —nos ha dicho Ramona, con los dedos sobre la rodilla de Tom, no la mía—. Ahora sí que somos una banda auténtica. No solo críos trasteando en el garaje.

Supongo que así nos veía antes de que llegara Tom.

A April and the Rain.

Como a unos críos.

En el garaje.

Quizá la banda esté mejor ahora.

Puede que en realidad Tom me caiga bien.

Pero ojalá no lo hubiésemos conocido nunca.

Tom

Otra chica que quiere algo de mí que no sé darle.

Otra amiga que me aterra perder.

Otra novia.

Pero tal vez ahora las cosas sean diferentes.

Tal vez yo sea diferente.

Tal vez ahora sienta lo que todo el mundo parece sentir de forma natural.

Tal vez no la cague de nuevo.

Y tal vez Sam no me odie por «robarle» a Ramona.

Porque esa es otra de las cosas que me preocupan.

Por eso el sexo me parece un gran desperdicio de energía.

La tarde antes de Acción de Gracias, vamos juntos en coche a Soulard, con Sam en el asiento trasero. Tengo una grabadora portátil con la que he podido registrar de todo, desde la lluvia en el porche hasta a mi madre friendo beicon. Habíamos pensado pasearnos por ahí e ir preguntando a la gente por qué se sienten agradecidos y grabar sus respuestas. Luego yo añadiré algunos efectos a las voces, y Ramona y Sam pondrán la música de fondo.

Aparcamos en Grift Craft porque sé que a Teddy, el dueño, no le importará. En cuanto aprendí a conducir, me convertí en un cliente tan habitual que empezamos a hablar, lo cual dio lugar a largas conversaciones sobre música y arte, y ahora los fines de semana me saco un dinerillo en negro en su tienda. Todavía no les he dicho ni a Ramona ni a Sam que trabajo, porque ya me siento bastante inferior a ellos.

(Sé que es una tontería, porque no son para nada pedantes, pero las emociones no entienden de lógica, ¿vale? Además, puede que les parezca humillante que me dedique a reponer ovillos de lana al margen de la ley).

Hace un día de otoño espectacular, fresco y claro. Las hojas doradas relucen en contraste con los edificios de ladrillo rojo. Los universitarios que han vuelto a casa aparcan el coche por la zona para juntarse con sus amigos del instituto en los bares que inundan el aburguesado barrio de Soulard.

Son los sujetos perfectos para nuestro cometido. Grabando. (O como se diga).

Hacemos algunas pruebas para asegurarnos de que la grabadora funciona y luego me planto frente a la primera persona de veintitantos que veo.

—¿Por qué das tú las gracias? —le suelto a la chica. Sorprendida, pega un respingo y me mira con perplejidad.

—Mi perro —responde. Su amiga se ríe de ella y le tira del brazo para alejarla de esos críos chalados que van con un micrófono por la calle. Le paso la grabadora a Sam.

—¿Hay algo por lo que estés agradecido? —le pregunta Ramona a un hombre.

Es mayor, de treinta y tantos años. Sam lo apunta con el micrófono. El hombre nos frunce el ceño.

—La privacidad —ladra.

Esta vez es Ramona la que se ríe y el sonido queda grabado. Tiene una risa superbonita.

Me dedica una enorme sonrisa y se pasa un mechón de pelo por detrás de la oreja.

Soy consciente de lo guapa que es, como un atardecer en todo su esplendor.

Y sé que debería sentir algo más.

Le devuelvo la sonrisa.

Sam no nos está mirando; sostiene la grabadora frente a un grupo de rubias de bote.

—¿Por qué dais las gracias?

—¡Por mis amigas! —grita una.

—Yo también —coincido.

Sonrío a Ramona y miro a Sam por encima del hombro. Él nos echa un vistazo y aparta la mirada, pero no parece enfadado. Vuelve a pasarle la grabadora a Ramona, que sale disparada hacia una anciana que pasea a un caniche viejísimo.

—Oye, tío —le digo a Sam. No puedo mirarlo a la cara y me doy cuenta de que no sé muy bien qué quiero decir—. No pretendo separaros.

—Tranqui… —murmura. Ramona sonríe a la anciana a modo de respuesta y da media vuelta para venir corriendo hacia nosotros—. Todo bien, tío.

No nos hemos mirado a los ojos. Observamos a Ramona correr hacia nosotros, sonriéndonos a los dos de oreja a oreja.

Puedo hacerlo.

Puedo conseguirlo.

Todavía puedo tener ambas cosas.

Ramona

—Entonces ¿estás saliendo con ese tal Tom? —pregunta mi padre.

—¿Ese tal Tom? —repito—. ¿Ahora se llama así?

Estamos en la cocina.

Estoy sacando el jambalaya de la Crock-Pot, que prácticamente es lo único que utiliza mi padre para cocinar. Hasta hace poco, no tenía ni idea de que esto fuera raro, y ahora se me hace raro que sea raro, porque todo el mundo debería cocinar con la Crock-Pot. Es la mar de práctica y puedes preparar casi cualquier cosa con ella.

En fin.

—Sí, lloriquilla —asiente mi padre—. Será ese tal Tom por ahora y algo peor como se pase contigo.

Pongo los ojos en blanco y me siento frente a él en uno de los taburetes en la isla de la cocina.

Y sí, mi padre me llama «lloriquilla». O, a veces, «bu, bu». Y cuando se burla de mí por quejarme de algo, me llama «doña llorona». Este sí que me da rabia.

—Es simpático, papá —digo—. Te caerá bien.

En general, mi padre es supermajo. Y cocina de rechupete, que no te engañe lo de la Crock-Pot.

—¿A Sam le cae bien?

—¡Por supuesto que le cae bien a Sam! ¿Crees que me gustaría un chico que no le caiga bien a Sam?

—Es un tropo bastante común en la narrativa moderna. Casi tan común como los amigos platónicos que, en secreto, están enamorados el uno del otro.

En serio, es que este hombre me exaspera. Habla como si estuviera en la radio pública y encima piensa que es sutil.

—Sam y yo somos amigos —le digo por enésima vez, porque, técnicamente, dejando de lado mis sentimientos, es cierto—. Tom es mi novio y es simpático, inteligente y especial. Y hemos formado un nuevo grupo juntos, los tres. Ahora nos llamamos Vandalized by Glitter. Tenemos un estilo nuevo, más completo e insólito.

—Bueno —sentencia mi padre—, estoy seguro de que será bastante decente si le has echado el ojo, pero vuelve a traerlo por casa pronto, ¿de acuerdo? Quiero conocer bien a ese tal Tom cuanto antes. Y nada de empezar a escaquearte de tu práctica de piano. Recuerda que tu madre hizo su primera gira cuando tenía veintiún años.

—Lo sé —convengo—. Ayer estuve practicando durante dos horas seguidas, y mañana podré estarme tres horas.

—Y que no se te olvide que tienes exámenes finales antes de que acabe el mes. Los estudios son tan importantes como el piano.

—Lo sé.

—Tienes un gran talento para el piano, Ramona. Solo quiero que aproveches todo tu potencial.

—Lo sé, papá —respondo.

«También tengo un gran talento para la batería, papá», digo para mí.

Sam

Cuando estoy con Ramona, la cosa no es tan horrible. Está tan contenta que hace aún más el payaso, y me río tanto que en cierto modo olvido el motivo de su alegría. Cuando la recojo para ir a clase, no está tan adormilada y me cuenta con la risa floja algo que vio en internet la noche anterior. En el instituto, me relata como mínimo un despropósito por parte de Emmalyn y, de camino a mi casa para el ensayo con el grupo, rebosa de ideas para Vandalized by Glitter. Y yo sigo pillado de ella, como siempre.

Cuando estoy con Ramona y Tom, la cosa es peor, aunque tampoco tan horrible.

Actúan casi igual que de costumbre, salvo que se despiden con un beso, así que siempre puedo intentar quitarme de en medio en ese momento.

Lo malo llega
cuando estoy solo
(y el sol ya no ciega).

Porque pienso en lo mucho que quisiera estar con ella. En

que me muero por tocarla y besarla. En mis ganas de sentarme a su lado y, como si nada, decirle cuánto la quiero.

Ramona.

Ramona está con Tom.

Pero no puedo odiarlo, porque es majo y es mi amigo.

Cómo no iba a gustarle Ramona con lo guapa que es.

Lo que pasa es que quiero ser yo el que esté con ella. Quiero ser yo el que la enamore, el que la acaricie. Quiero que me escoja a mí para estar a su lado. Quiero ser el único para ella.

Pero no soy Tom.

Tom

Me encanta crear de todo. Me encanta coger papel y pintura y plasmar una imagen que solo estaba en mi cabeza pero que ahora puedo enseñarle a la gente e intentar explicársela. Así es como expreso mis sentimientos.

Me flipa la música. La siento en el pecho, en las manos y hasta en los pies. Para mí, va más allá de escuchar melodías; la vivo. Me resulta más fácil comunicarme con la música que con las palabras.

Adoro a mis padres y a mis hermanos. No acaban de entenderme (la verdad es que no me entienden para nada), pero me quieren a pesar de todo. Soy consciente de la suerte que tengo de contar con una familia y los quiero.

Como también quiero a Sam y a Ramona. No hace mucho que somos amigos, pero siento que estábamos destinados a conocernos. Sam me fascina, porque no habla nunca a menos que haya pensado bien lo que va a decir y esté satisfecho con sus palabras. Y me encanta lo vivaracha que es Ramona, siempre tan rebosante de ideas y emociones que no atina a expresarlas todas.

Me lo paso genial hablando con ellos sobre música, arte y el mundo en general. Me encanta componer con ellos y aún más que empiecen a acompañarme en mis proyectos artísticos.

Hay mucho amor en mi vida. No siento que me esté perdiendo nada.

No sé por qué no se me ha despertado el interés sexual, pero así es.

No tengo ningún trauma de la infancia.

El médico me hizo un chequeo cuando se lo conté y no me pasa nada.

Aunque parece que sí hay algo raro, ¿verdad?

¿Verdad?

Supongo que debería intentar ser lo que Ramona quiere y tratar de sentir deseo. Quizá sea como un músculo y se pueda ejercitar. Tal vez sea cuestión de ponerse y seguir siendo yo, pero habiendo experimentado lo mismo que todo el mundo.

Ramona

Al igual que en segundo curso, mi última clase del día, la de Música Avanzada, sería la mejor parte de la jornada escolar si no fuera por la presencia de cierta persona.

Pero si crees que al final acabaré abrazando a Emmalyn tras haber aprendido una lección de vida, pues resulta que esta historia no es para ti.

Emmalyn toca el violín, y la verdad es que se le da bastante bien.

Pero ese no es el caso: jamás he dicho que la odiara por ser una pésima música.

En el Saint Joe, el aula de Música Avanzada es básicamente una sala de ensayo. La gente se sienta en los rincones a practicar escalas o alguna pieza de cara a los exámenes y ese tipo de cosas. Por lo general, Emmalyn y yo no nos tratamos mucho aquí, aunque oigo su insoportable risa de vez en cuando, y juro que lo hace a propósito cada vez que paso junto a ella.

Hoy, encima, me ha robado el metrónomo.

Es propiedad del instituto, pero lo estaba usando yo. He ido un momento al baño y, cuando he vuelto, ya no estaba sobre el piano: Emmalyn estaba practicando con él en la otra punta del aula, así que lo único que podía hacer era ir y exigirle que me lo devolviera.

—No es tuyo —ha dicho, con ese tono agudo de impertinente que le sale a veces—. Es del centro y se supone que debemos compartirlo. Solo hay cuatro metrónomos para dieciséis alumnos, y tú te has pasado todo el semestre usando uno a diario. Haz cálculos, porque los estás acaparando.

—¿De qué estás hablando? ¿Qué cálculos? —Probablemente yo también había empezado a levantar la voz, porque he visto a algunos compañeros mirándonos—. Estaba usando ese metrónomo, así que no puedes coger y quitármelo. Punto —he sentenciado, antes de extender una mano hacia el metrónomo que había en la mesa junto a ella.

Emmalyn ha chillado y me ha pegado en la mano con el arco. No me ha hecho daño, pero he apartado el brazo instintivamente.

—Eres de lo que no hay. ¡Pareces una cría de cinco años! ¿Tu madre no te enseñó a compartir o qué? —le he dicho.

—Mi madre está muerta, gilipollas.

Y tan por sorpresa me ha pillado
que le he soltado:
—La mía también.

Nos habíamos quedado mirando fijamente cuando, por suerte, ha sonado la campana.

Mañana cogeré el metrónomo otra vez. John me ha estado metiendo mucha caña con las escalas y no puedo decepcionar a mi padre. Emmalyn no se interpondrá en mi camino.

(Esté su madre muerta o no).

Sam

—Anoche, cuando entré en el garaje, me pareció ver que Ramona y Tom estaban cogidos de la mano —me ha comentado mi madre.

Hemos pedido comida coreana a domicilio y, de postre, teníamos la *crème brûlée* que ha preparado ella.

—Sí, están juntos —he respondido—. Tampoco es para tanto.

—¿Están saliendo juntos? —ha reiterado.

—Sí —he asentido—. Pero que no es para tanto, mamá.

—Y ¿no te importa?

—Qué va. Es lo que hay, vaya. Pero no es para tanto.

—Aquí me tienes si necesitas hablar —ha dicho. Después de eso, me he centrado en comer. En cuanto he terminado, mi madre se ha puesto a guardar las sobras. Le flipa tener comida hecha en la nevera y cocinar solo como entretenimiento.

Tras el divorcio, me decía mucho eso de «Aquí me tienes si necesitas hablar». Aunque la verdad es que no podía aceptar su ayuda: la veía tan destrozada que no quería ser una carga para ella.

Así que hablaba con Ramona cuando lo necesitaba.

Cuando mi madre ha sacado el pequeño soplete que se compró para caramelizar azúcar, ha toqueteado la ruedecilla del gas y ha golpeado la mesa con él.

—Pero ¿cómo funciona esta cosa? —ha murmurado.

Un sábado al mes, mi padre me lleva por la tarde a ver un partido de los Cardinals o a ver una nueva exposición en el museo de arte, y después vamos a cenar a un asador caro. Suele preguntarme por las clases o qué opino sobre algún tema de actualidad. Esas noches duermo en el cuarto de invitados del loft que tiene en el centro.

Por la mañana me lleva a casa, a pesar de que tengo el coche que me regaló. Pero forma parte de nuestra rutina. Aunque podría verme más si quisiera, no me llama nunca y confía en que el dinero que se gasta en mí sea suficiente hasta el mes siguiente.

Cuando vivía con nosotros, casi nunca estaba en casa y se conformaba con que mi madre lo mantuviera al tanto sobre mí. Ahora tengo mis propios momentos de atención.

Antes esto me cabreaba.

Pero hablarlo con Ramona me hizo ver que enfadarme no tenía ningún sentido.

Porque eso tan solo me atosiga.

Así que tampoco estoy cabreado con Tom por salir con mi amiga.

Porque se quieren y eso me tranquiliza.

Pero no tener con quién hablarlo me martiriza.

—No estoy cabreado con Tom —he dicho, observando a mi madre flamear con delicadeza el montículo de azúcar, blanco como la nieve—. Pero supongo que me gustaría estar en su lugar.

No lo ha chamuscado.

—Eso debe de ser un rollo —ha respondido, mientras apagaba el soplete de repostería—. ¿Ramona sabe cómo te sientes?

Tom

Pues bueno.

Había tanta mierda a mi alrededor que no me ha quedado otra que ponerme a hacer algo artístico.

Falta poco para Navidad y la gente equipara los bienes materiales al amor. (Me asustan algunos de los anuncios que nos rodean).

Así que, como es Navidad, y a la luz del hambre en el mundo, se me ha ocurrido denunciar el materialismo en los países ricos.

Había pensado en hacer un cartel para el aparcamiento del centro comercial, algo impactante con lo que compartir lo que sé: que hay gente muriéndose de hambre mientras los demás compran tonterías.

Cogería la imagen más triste que encontrara y debajo pondría algo como: «Pregúntale a ella qué quiere para Navidad».

Así que he buscado imágenes de niños famélicos.

(Consejo: no lo hagas).

Y he descubierto que no sé nada.

No sabía que el cuerpo de una criatura podía llegar a impactarme tanto.

No lo sabía. No lo sabía.

Tampoco que el cráneo, las costillas y los ojos de un bebé provocarían tal espanto.

Es que somos unos ignorantes,
poco más que esqueletos andantes
cubiertos de carnes.
Y será la balanza la que nos reduzca a huesos
y poco más que pellejos,
lo que nos relegue al olvido
de no ser por periodistas y adolescentes con un cometido reivindicativo.

Bueno.

Pues al final no ha habido proyecto artístico que valga.

Porque resulta que tengo novia y un mejor amigo, mis padres quieren pasarse la cena hablando conmigo (lo cual hacemos cada noche) y creo que ir a clase me quita demasiado tiempo.

He donado algo de dinero que he sacado de mi cuenta de ahorros a una organización benéfica contra el hambre en el mundo. Al bajar al salón he visto nuestro árbol de Navidad.

Me he quedado allí sentado mirándolo un buen rato.

Ramona

La mañana después de Navidad me quedé en la cama durante un buen rato. La luz tenía ese aire invernal tan característico del cielo encapotado. Mi habitación da al callejón y a la pared de ladrillos del vecino.

Desde aquí no veo ni la hierba ni los árboles, tan solo el ladrillo rojo y el mortero sucio, un perno estrellado y un pequeño triángulo de cielo.

Me encantan las vistas de mi ventana. La luz del atardecer recorriendo la pared me ha acompañado tanto en la tristeza como en la alegría, y he contemplado la noche preguntándome cuál es el propósito de la vida.

Hay un ladrillo que tiene una grieta especial.

Y creo que la yema de mi pulgar encaja en la muesca de una esquina, pero supongo que nunca lo sabré, ya que está en el tercer piso.

Lo que intento decir es que podrían enseñarme fotos de esta pared y de muchas otras similares, y yo sería capaz de distinguir la mía sin problema.

Lo que intento decir es que adoro esta pared de ladrillos porque es la que he visto frente a mi ventana toda mi vida.

Pero podría haber sido otra pared de ladrillos en otro lugar, un seto o un puente.

La mañana después de Navidad, me quedé en la cama mirando la pared y pensé: «A veces el amor es así». Es un momento y un lugar determinados, unas circunstancias que podrían haber sido otras. Tom cree que no le caería bien a sus padres si fuera hijo de otra persona, pero que lo quieren porque es el suyo, y ya está. Al comienzo de la secundaria tuve los amigos que tuve porque coincidimos en el tiempo, y cuando nos separamos, dejamos de ser amigos, y ya está.

Las personas que no llegamos a conocer se funden unas con otras, como los ladrillos en la pared de los que hablaba Pink Floyd.

Pero, cuando conocí a Tom, sentí que era mi pared.

Bueno.

A ver.

Fue como cuando he tenido un mal día y estoy cansada, pero al final entro en mi habitación y veo la ventana, y recuerdo que ya había estado así de mal, pero que las cosas mejoran siempre, que la vida va a rachas.

Así me sentí cuando conocí a Tom: como si su mera existencia me recordara que soy Ramona, batería y pianista, y que voy a largarme del instituto para estudiar en el Artibus y seguir con mi vida como música. Que voy a ser música.

Y me lo recuerda cada vez que lo veo.

Estoy enamorada de Tom. También de Sam, pues supe que era mío el día que nos conocimos.

Hay gente que no cree que esto sea posible.
Pero yo sí.
Porque me ha pasado.
Estoy enamorada.

Sam

Ramona se pasa las vacaciones practicando piano sin parar, por eso Tom y yo hemos estado quedando a solas. Nunca me habla de ella de una manera que me haga sentir incómodo. Nadie diría que son pareja a no ser que los vea juntos.

Es fácil fingir que no lo son.

A Tom le encanta la colección de guitarras y demás instrumentos de cuerda que mi padre amplía cada Navidad y cumpleaños. Ayer tocó el sitar mientras yo tocaba el banjo, y compusimos una canción que titulamos «Hamlet». La letra dice: «Palabras, palabras, palabras».

El martes, fuimos al parque y bombardeamos con purpurina un tobogán de plástico azul, que ahora tiene en un lado las palabras «Seamos felices» escritas con pintura brillibrilli en relieve de color amarillo. Es casi entrañable lo feliz que hace a Tom que hayan pasado tres días y sigan ahí.

Hoy hemos estado en su casa.

Su habitación es muy pequeña, pero ha cubierto cada centímetro de pared con imágenes y palabras de varios tamaños.

Agobia un poco, pero mola mucho.

—Es una auténtica percusionista —ha dicho, hablando de la batería de Ramona—. No me extraña que su segundo instrumento sea el piano.

—En realidad, es el primero —he apuntado.

—Bueno, empezó tocando el piano, pero Griselda es su instrumento principal ahora.

—Qué va —he respondido—. Pregúntale. Te dirá que el piano es su instrumento principal.

Yo estaba de pie dando vueltas por su habitación, examinando las paredes. «El arte da sentido a la vida», decía una pegatina junto a mí.

—Pero, en el fondo, adora la batería —ha insistido. Estaba sentado en el suelo, apoyado contra la cama.

—Sí, pero también el piano. Por lo de su madre, ¿sabes?

—Ah —ha respondido Tom, pero no me ha parecido que lo supiera. Me ha dado la sensación de que Ramona no le ha hablado mucho sobre su madre, y no he podido evitar alegrarme.

—¿Qué es esto? —he preguntado, señalando una foto que no había visto antes.

A primera vista he pensado que era alguna imagen sacada de una película de terror, pero entonces me he dado cuenta de que era un bebé esquelético de ojos saltones.

A mi espalda, las tablas del suelo han crujido al moverse Tom.

—La puse ahí para recordarme a mí mismo lo afortunado que soy de tener más de lo que necesito.

Parecía avergonzado, así que he dejado estar el tema.

—Vamos a darle a la música —he dicho.

Así que hemos estado tocando y ha salido genial. Porque Ramona tenía razón: Tom es un gran músico y estábamos destinados a ser amigos, así como ellos estaban destinados a acabar juntos.

Es la verdad.

Ojalá estuviera yo destinado a estar con Ramona también.

(¿También?).

Tom

—Tienes que participar en la exhibición de talentos de último curso —me dice Ally Tabor en el pasillo el primer día de clase tras las vacaciones. Me ha agarrado del brazo como si fuéramos superamigos y siempre camináramos juntos.

—Hola, Ally. Mis vacaciones, genial. Gracias por preguntar —le suelto.

(Es curioso que me haya abordado hoy, porque mi situación con Ramona y todo eso me ha hecho pensar en las dos semanas y media que duró nuestra historia de amor. Mi madre me había obligado a participar en al menos una actividad ese semestre porque «tenía que hacer amigos». Asistí a las reuniones del club de teatro y Ally quiso cogerme de la mano durante un tiempo, pero luego ya no. El semestre siguiente nadie me obligó a apuntarme a ninguna actividad).

—¡Por favor, Tom! Por favor. Si no se apunta gente suficiente este año, es posible que no haya exhibición el que viene. —Ha puesto los ojos como platos ante tan terrible posibilidad.

—Pero como no estaremos aquí el año que viene... —replico.

—Tom, la exhibición de talentos de último curso es mucho más que todo eso. Va por todas aquellas personas a punto de acabar el instituto que alguna vez... —empieza, y sigue parloteando sobre tradiciones y pasar el testigo. Como ya he dicho, Ally se toma muy en serio la presidencia del club de teatro.

—Toca una de esas musiquillas que haces tú, Tom —me pide, mientras me deja frente a mi próxima clase.

—¿Esas musiquillas que hago yo? —digo, poniendo los ojos en blanco.

—Vas a participar y lo sabes. Solo es cuestión de tiempo —sentencia Ally—. En el fondo, te mueres por mostrar tu música a nuestros compañeros de clase, y pienso darte el tostón hasta que aceptes. ¡Chao! —se despide, y sale disparada hacia clase o quizá a conquistar una pequeña nación.

No pienso participar.

Ramona

Hace tiempo que Sam y yo no quedamos a solas.

Aunque sí hemos estado a solas. Estamos los dos solos en su coche cuando me lleva y me trae del instituto, pero el trayecto no dura lo suficiente como para tener una conversación profunda. Una vez allí, nos sentamos a solas (uno al lado del otro) a comer, pero durante el almuerzo no puedes ponerte seria porque la gente se pasa el rato tirándose patatas fritas.

Después de clase, Sam y yo siempre estamos con Tom. Me encanta pasar tiempo con él, pero echo de menos estar a solas con Sam.

—Deberíamos ir a ver esa película de artes marciales que me has comentado antes —le dije el lunes en el ensayo, aunque sabía que no me iba a gustar.

Estábamos hablando de cines y horarios cuando, desde el otro lado del garaje, Tom gritó:

—¡Deberíamos ir el viernes!

Y me cabreé un montón por dos razones.

Tom ni siquiera sabía de qué película estábamos
hablando, porque Sam me lo había comentado esa
mañana y se suponía que era cosa solo de los dos.
Y, en segundo lugar:

Ese día quería tener con Tom una cita con la que
fantasear.
Porque estamos con Sam todo el tiempo,
y aunque me encanta, me apetece liarme con Tom.

No es que no quiera enrollarme con Sam, pero ese es un problema totalmente diferente, y la cuestión es que sí podría hacerlo con Tom de no ser por él.

Pero bueno.

Estaba cabreadísima por todo esto, así que respondí con un escueto «Vale», me senté a la batería y me puse a tocar «My Generation» con rabia. Sam y Tom se miraron y yo me enfadé todavía más. Al final se unieron a mí, pero luego Tom empezó a cambiar la melodía y los tres nos fuimos volviendo locos, por lo que fue divertido y se me pasó el cabreo. Un rato.

Sam

El viernes fuimos los tres al Delmar Loop a ver la película de kung-fu de la que le había hablado a Ramona. Fue una pasada. La gente que se ríe del cine de artes marciales es porque aún no ha visto una peli buena de verdad.

Este fue el caso de Tom.

—Guau, tío —repetía mientras salíamos del cine—. Guau, no tenía ni idea. Siempre había despreciado las artes marciales porque, bueno, porque no eran arte.

Ya había anochecido. Las calles estaban abarrotadas de gente que entraba y salía tanto de restaurantes étnicos como de tiendas de moda. Tom me seguía el ritmo; Ramona, en cambio, caminaba un poco rezagada. Sabía que no le había gustado la película, pero permanecía callada, sin darnos su opinión.

—A mí no me va la violencia, ¿sabes? —continuaba Tom—. El cine de artes marciales nunca me había llamado la atención porque no me gustan las peleas. Pero la violencia ha sido algo habitual durante la mayor parte de la historia de la humanidad y, en algún momento, alguien la convirtió en arte añadiéndole valores tan humanos como la técnica y el honor.

Más adelante, había un grupo de chavales en fila frente a la tienda de discos antiguos. Uno de ellos tenía un estuche de guitarra abierto delante de él y rasgueaba el instrumento. Por el rabillo del ojo, vi a Ramona meterse una mano en el bolsillo de los vaqueros. Tenía una expresión de indiferencia inusual en ella.

—Esta película trataba sobre el respeto y la autodisciplina —iba diciendo Tom.

Nos detuvimos frente al estuche de guitarra. Junto al chico que tocaba había una chica con rastas que llevaba puesta una sola manopla y descansaba esta mano sobre la rodilla del chaval. A medida que nos acercábamos, los había visto sonreírse. Al otro lado de la chica, otro muchacho tenía la cabeza apoyada en su hombro. Estaban cogidos de la mano y él llevaba puesta la otra manopla. Todos parecían estar en la veintena y desprendían ese penetrante olor a humano y maría de los punkis. Tom y Ramona lanzaron algunas monedas al estuche de guitarra. No consideré que al chico se le diera demasiado bien, así que no me sentí obligado a imitarlos.

—Ahora tendré que reconsiderar lo que entiendo por arte —declaró Tom mientras nos alejábamos del grupo—. Me encanta.

A mi espalda, oí que Ramona soltaba una risa extraña y queda.

—Deberíamos ir a tomar un café el domingo por la mañana —propuse.

Tom no se levanta pronto a no ser que no le quede otra. Ni siquiera considera esa opción.

—Vale —respondió Ramona—. Me parece bien.

—Uf, yo también quiero hacer eso —exclamó Tom.

—¿Qué? —pregunté.

—Lo que hacen esos chavales. —Señaló por encima del hombro hacia los punkis—. Quiero pasarme unos años de mochileo, tener tan solo lo necesario para vivir y limitarme a eso, a vivir.

Se puso a soltarnos uno de sus rollos ideológicos, de esos que suelen inspirarme, pero yo solo podía pensar en Ramona. Y en lo taciturna que nos seguía.

Tom

Poco a poco, he sentido el coraje en mí medrar
al tiempo que mis músculos, listos para saltar, se iban
tensando.
Hay tantos lugares que quiero visitar,
tanto arte que crear
y tantos cambios que ansío contemplar...
Pero, a mi alrededor, todo son voces apremiantes que me
piden que espere un momento y otro más,
que aguante unos instantes.
Mas en mi interior siento una agitación bullir
y quiero echar a correr,
atravesar en coche el país,
así como también escribir
y componer música original de la que poder presumir.
Estoy listo, así que dejadme intentarlo.
Porque temo que, si no me voy pronto,
las voces vendrán para todo truncarlo.
Y sé que, en los primeros días,
recorrería un camino que me guiaría sin remedio

por entre laberínticas galerías,
hasta una salida que en la miseria me hundiría,
un destino que de llano rechazaría.
¿Es que acaso nadie entiende que me da pavor
la seguridad de una vida acostumbrada,
que necesito ser de mi propia historia el narrador,
la oportunidad de vivir sin rigor,
y aprender a cada paso sin un destino que me inspire
temor?
Perseveraré sin desistir
y haré del mundo un lugar mejor.
Pero no puedo al rebaño seguir.
Quiero tener la oportunidad de poder elegir.
Decidir.
Mi vida vivir.

Ramona

Sam y yo hemos quedado para ir a la que considero «nuestra cafetería». Está en uno de esos barrios donde la gente compra casas antiguas y las reforma a la moda para que queden bonitas, pero a veces, si tienes suerte, todavía encuentras a alguien teniendo una discusión subida de tono en la calle.

En las afueras no hay quien se fije.

En fin.

Nuestra cafetería tiene una exposición permanente de obras de artistas locales. Por lo general, no está mal, pero la de hoy es horrible. Parecen fotografías hechas por alguien que se cree un artista solo por meterles un filtro en blanco y negro.

—Bueno —digo mientras nos sentamos a una de las mesitas. Señalo la foto que tenemos al lado, en la que una muchacha de nuestra edad posa junto a las vías del tren—. Esta es una foto de anuario como una casa.

—Es probable. Menuda basura —coincide Sam.

«Te he echado de menos», pienso.

—Hacía tiempo que no quedábamos sin…

—Ya —me interrumpe.

—¡Peterson! —llama el tipo del mostrador, y Sam se levanta para coger nuestros cafés.

Le miro el culo y sé que lo reconocería de espaldas en cualquier situación.

—Y —empiezo a decir cuando se vuelve a sentar— ¿qué hay de nuevo en tu vida?

Sam se encoge de hombros.

—Nada que no sepas ya.

—Claro. —Se me encoge el corazón.

Me echo cuatro sobres de azúcar moreno en el café y remuevo hasta que se forma un remolino tan profundo en el centro que el embudo se mantiene incluso después de retirar la cuchara.

Damos un sorbo a nuestros cafés y dejo vagar la mirada por la cafetería. Las cosas entre nosotros nunca son así; siempre he podido contarle lo que fuera a Sam.

—Y ¿tú estás… bien? —me pregunta, mirando hacia la mesa mientras esparce el azúcar que he desparramado.

(Con esas pestañas largas y oscuras).

—Sí —respondo—. Estoy bien.

—Y ¿con Tom…?

—Bien —contesto automáticamente—. Bien. O sea… —Bebo un trago demasiado grande y me quemo la lengua. Reprimo una mueca—. Tenemos días.

Miro a Sam.

Parece entre preocupado e interesado, y está guapísimo.

(Esas pestañas).

Vuelvo a bajar la mirada a la mesa.

—A veces me pregunto si de verdad quiere estar conmigo —digo finalmente.

Sam

La hiperactiva y dulce de Ramona, moviendo nerviosamente una pierna por debajo de la mesa, preocupada por que alguien no quiere estar con ella.

—Por supuesto que quiere estar contigo —le he asegurado.

Tom está loco por ella: se ríe de todo lo que dice y se pasa el día hablando de lo increíble que es como música, de lo guay que es.

—Es solo que... —Ramona ha hecho un gesto como de no saber cómo continuar y ha barrido con una mano el azúcar en la mesa—. No sé cómo explicarlo, pero no parece muy entusiasmado... de estar conmigo.

Ramona, incapaz de explicar algo por primera vez en su vida.

Ramona, demasiado maravillosa para poder comprender lo maravillosa que es.

—Hay chicos a los que estas cosas les dan vergüenza, sin más —he dicho—. O que no quieren presionar.

Ella ha asentido al tiempo que se encogía de hombros. Ramona siempre tan Ramona.

—Tú y Tom no sois machos alfa que digamos —ha comentado. Entonces le ha aparecido una sonrisa en las comisuras de los labios—. Por eso me gustáis tanto los dos.

El corazón me iba a mil por hora, aunque sabía que sus palabras no significaban nada.

—Tú…, ya sabes, sé tú misma y ya está. Ya llegará el momento con Tom —le he dicho con un gesto de asentimiento, como si le hubiera dado un verdadero consejo.

—Sí —ha respondido ella—. Tienes razón. Gracias.

No me he inscrito en el Artibus. No me he inscrito.

No quiero estudiar allí. No quiero especializarme en Música. No quiero el esfuerzo que implica hacer carrera en este mundo. No necesito una vida emocionante y tampoco estoy seguro de quererla. Me gustaría viajar, pero no porque esté de gira. Quiero poder comprar una casa bonita y tener más de dos hijos, quizá hasta cuatro.

Quiero seguir componiendo, pero porque me apetezca, no por obligación. Y a veces, habría días en que no tendría ganas. Y eso si llegara a ser uno de los pocos afortunados que consigue hacer carrera.

Ramona respira música. En mi caso, dedicarme profesionalmente a la música sería como cobrar por vivir su vida.

Ella lo logrará. Tiene el talento y el ánimo.

Yo no tengo más que algo de talento y carezco del ánimo.

Me conozco y lo sé.

No me he inscrito en el Artibus. Y no puedo contárselo a Ramona.

—Me alegro mucho de haber quedado —me ha dicho mientras nos levantábamos y llevábamos nuestras tazas de café vacías al mostrador—. Qué bien poder hablar contigo sobre cualquier tema.

Ramona

Es San Valentín y algunas de mis compañeras paseaban sus flores con orgullo de clase en clase. Yo paseaba en secreto mis expectativas respecto a Tom.

Emmalyn llevaba seis grandes globos rojos de látex y uno gigante de Mylar que iba repartiendo amor a cualquiera que supiera leer. Su novio es el capitán del grupo de debate y el vicedelegado de clase. Es el tipo de chico que adopta posturitas en Educación Física. Tiene muestras de afecto exageradas con Emmalyn, pero nunca parece prestarle verdadera atención; prácticamente la ignora por los pasillos. Me sentiría mal por ella si me importara.

En fin.

Diez minutos antes de que terminaran las clases, me he acercado hasta donde Emmalyn estaba practicando y le he preguntado si quería el metrónomo, porque yo ya había acabado de usarlo. Ella ha asentido, así que se lo he dejado allí y me he marchado.

Solo lo he hecho porque estaba cansada de repetir escalas y ya me dolían los dedos. Últimamente tengo calambres en las manos de tanto practicar. John ha estado presionándome de nuevo; según dice, debo esforzarme mucho más si quiero llegar a ser una profesional.

—Tu madre estaría muy orgullosa de ti —me dijo mi padre anoche. No habla de ella muy a menudo, así que supe que lo decía en serio.

Recuerdo que de pequeña tocaba el piano con mi madre. Empezó a enseñarme cuando tenía cuatro años, por lo que apenas me acuerdo de las primeras lecciones. Murió cuando yo tenía nueve años, así que tan solo conocí dos facetas suyas: la materna y la pianista. Nunca llegué a oírla hablar de política o de actualidad. Sé qué música le gustaba, pero no qué películas o libros me habría recomendado de mayor. Por eso me cuesta imaginarme cómo se habría tomado las cosas.

Para empezar, no tengo muy claro que aprobase lo que Tom y yo estamos a punto de hacer. Mi padre segurísimo que no, así que tiene pinta de que ella tampoco.

Hoy vamos a bombardear Saint Louis con amor.

Tom y yo caminamos por la acera cogidos de la mano: tan solo una pareja de jóvenes enamorados que lleva una bolsa de papel marrón. En una esquina cualquiera, se para a atarse los zapatos. Deja la bolsa de papel en el suelo y se toquetea los cordones. Mientras se está atando el zapato izquierdo y después otra vez el derecho, me agacho y en un segundo cojo algo de la bolsa antes de volver a cerrarla. Cuando ha acabado de atarse los zapatos, recoge la bolsa y seguimos caminando.

—Toma, tu regalo de San Valentín —me ha dicho Tom en mi casa, dándome la bolsa de papel marrón.

Me la he quedado mirando y luego otra vez a él. Sabía que había algo, pero la verdad es que no lo pillaba.

—Mira en el fondo —ha añadido, y entonces lo he visto: el estampado en el papel. Lo siento, no lo he pintado todavía —se ha disculpado—. Tendrás que hacerlo tú.

Dicho esto, ha abierto la bolsa y ha metido un aerosol de pintura rosa.

Solo somos una pareja de jóvenes enamorados caminando juntos por la calle. A nuestra espalda, las palabras

LO QUE
NECESITAS
ES AMOR

se están secando en la acera.

Sam

Estamos a finales de febrero y ha empezado a derretirse la nieve, que hoy, sucia y medio deshecha por el calor del sol, llena los canalones de las casas.

—Bueno, bueno, buenooo —ha exclamado Ramona—. Tal vez antes de definir qué es la buena música, deberíamos determinar de una vez por todas qué es la mala música.

Estaba echado junto a ella sobre el capó del brillimóvil de Tom, poco después del mediodía. Habíamos ido hasta el aparcamiento de una iglesia abandonada, no muy lejos de donde vive Ramona, y estábamos tomando nuestra dosis de vitamina D mientras hablábamos de música. Tom estaba haciendo lo que él llama «estiramientos de yoga suaves, pero firmes» en el techo del coche. He reconocido, de cuando a mi madre le dio por el yoga, las posturas de la flor de loto y del perro bocabajo.

—La mala música es… —ha dicho, mientras exhalaba lentamente—. La mala música es de farsantes.

—La mala música es de farsantes —ha repetido Ramona.

—He visto a músicos de verdad que son malísimos —he afirmado.

Estaba pensando en la banda en la que cantaba mi madre, los Whatevers. Sin embargo, después de dos actuaciones, descubrió la reflexología y el grupo se disolvió. En el concierto al que asistí, tocaron una canción de country alternativo llamada «Catfight». No quiero ni describirla, pero mi madre se estaba divirtiendo y se notaba que el grupo disfrutaba tocando esa canción, a pesar de ser tan mala.

—Los farsantes tocan mala música —ha dicho Ramona—, pero no toda la mala música es de farsantes.

—La cosa se está poniendo interesante —ha respondido Tom, aunque no sabría decir si con sarcasmo, porque estaba tumbado en el techo del coche haciendo la postura del cadáver. La carrocería estaba calentita por el sol y me sentía como si fuera verano. He cerrado los ojos.

—La mala música no te hace sentir nada —ha añadido Ramona.

—La buena música siempre te hace sentir algo —ha coincidido Tom—, pero la mala música también puede despertar alguna emoción en las personas. ¿Nunca has visto un coche lleno de gente dándolo todo con una canción pop del montón? Todos tenemos una canción secreta.

—¿Una canción secreta? —hemos preguntado Ramona y yo al unísono.

He abierto los ojos, nos hemos mirado y nos hemos echado a reír por lo bajo.

—¡Sí! —ha contestado Tom, que, tumbado ahora bocabajo, ha asomado la cabeza de repente por encima de nosotros—. ¡Esa canción que te encanta aunque te da vergüenza admitirlo! Va en contra de todo lo que defiendes como músico, pero ¡no puedes evitar bailarla!

—Aaah —ha exclamado Ramona, que ha alargado una mano para tocarle la nariz con el dedo índice.

Tom ha hecho amago de mordérselo y ella se ha reído. He cerrado los ojos de nuevo.

—Te refieres a esas canciones que no quieres que salten cuando estás con tus amigos —ha deducido Ramona—. No sé si lo de bailar es imprescindible. Y dudo mucho que solo tengas una canción secreta, Tom. Yo tengo al menos tres. ¿O son cuatro? Puede que sean cuatro para verano. Sí, cuatro en verano. Y me convenciste de que «Owner of a Lonely Heart» debería ser una canción secreta. Ay, entonces tengo cinco.

—Solo tengo una canción —se defendió Tom—. Pero me avergüenzo tantísimo de ella que no pienso confesarla jamás.

En cuanto ha pronunciado esas palabras he sabido que Ramona no podría seguir viviendo hasta que supiera cuál es la canción secreta de Tom. Tenía claro que los escucharía reír y discutir lo que quedaba de tarde, así que he mantenido los ojos cerrados para poder reír yo también.

—Dame una pista sobre tu canción secreta —ha gimoteado Ramona.

—Ya sabes que es una canción pop de 1978 que me ayuda a inspirarme —le ha dicho Tom—. Yo, en cambio, no sé nada sobre las diez canciones que tienes tú.

—¡Solo son cuatro! O sea, ¡cinco!

Cuando Ramona me ha preguntado por las mías, le he dicho que eran «I'd Do Anything for Love», de Meat Loaf, y «Just Like Heaven», de The Cure.

—Pero ¡si The Cure son brutales, tío! ¡Esa no es una canción secreta! —se ha quejado Tom mientras Ramona se atragantaba de risa y repetía sin parar «Meat Loaf».

Sus carcajadas han hecho que el capó temblara. Mi cerebro se ha pasado toda la tarde pendiente de cada uno de sus sutiles movimientos a mi lado, venerándola. He cerrado los ojos para no tener que ver cómo miraba a Tom, pero sí poder hablar con ambos y disfrutar del sonido de su respiración. Los he oído besarse una vez, aunque Ramona no se ha movido de mi lado. Supongo que Tom se habrá inclinado hacia ella, porque al darse ella la vuelta, el muslo le ha quedado pegado al mío durante un largo momento. Mi cuerpo ha saboreado el contacto como si se muriera por ella. Con los ojos aún cerrados, he imaginado que era yo quien la dejaba sin aliento.

He sentido el sol esconderse tras los árboles. Sabía que, si abría los ojos, la purpurina me deslumbraría. Ramona ha confesado haber cantado «I Got You Babe» en verano y Tom, que varios integrantes de la banda Chicago hicieron los coros de su canción secreta. Han ido bajando la voz conforme el sol se escondía, y la ternura con que hablaba Ramona se ha hecho más evidente.

La he reconocido en su tono.

Es el mismo que usa cuando me explica algo sobre nuestros compañeros de clase, como lo mal que les supo a todos que el padre de Craig le comprara un sedán después de que su hijo destrozara el descapotable.

Así me habla también cuando la acompaño en casa justo antes de su hora de llegada y, aunque dejo el motor en marcha, por alguna razón sigue riéndose de todo lo que digo con esa preciosa sonrisa en la cara, y no me entra en la cabeza que quiera quedar conmigo. O componer música conmigo.

Habla con una voz dulce que rezuma amor.

—«My Life» —ha dicho Tom en voz baja. Se ha hecho el silencio.

—¿Frank Sinatra? —ha preguntado Ramona.

—No —ha respondido él—, Billy Joel.

He abierto los ojos. El sol empezaba a ponerse.

—¡Tienes que estar de coña! —ha gritado Ramona.

Tom se ha dejado caer del techo del coche y ha puesto los ojos en blanco.

—No es tan raro —se ha quejado mientras subíamos al coche.

—Sí que lo es —ha insistido Ramona.

Tom ha cogido el camino de mi casa. Mi madre estaba preparando solomillo Wellington para cenar y quería que Tom y Ramona lo probaran, si es que no acabábamos pidiendo comida coreana.

Ramona se ha dado la vuelta en el asiento del copiloto para asegurarse de que la estaba escuchando.

—Utiliza efectos de sonido. ¿Sabéis a lo que me refiero? Efectos de sonido, en plan el motor de un coche y sirenas. Un momento, ¿por eso te gusta Billy Joel, Tom? ¿Por los efectos de sonido?

—Di lo que quieras —se ha limitado a responder este, antes de pasar a cantar la letra.

Pero yo solo puedo pensar en la voz de Ramona.

Siempre he sabido que me quería,

por eso de que los amigos se adoran.
Y, a pesar de todo, en su voz había
algo que, con años de demora,
me hizo confiar en que lo imposible llegaría.

Tom

Aún guardo su número en el móvil

(y todos los mensajes que nos enviamos).

—Hey —saluda.

Su voz me suena extraña, cautelosa y nueva otra vez.

—Hey —respondo—. ¿Cómo estás?

—¡Bien! —Durante las dos semanas siguientes a nuestra ruptura, tuvimos algunas conversaciones telefónicas que fueron horribles totalmente por mi culpa. Es un alivio para mí que haya contestado siquiera, y ella parece aliviada de que suene civilizado—. ¿Cómo estás tú?

—Estoy bien —digo—. Quería preguntarte si te apetecería tomar un café algún día. Solo en plan de amigos. Me estoy viendo con alguien.

—Me encantaría, Tom —asiente Sara—. De veras.

Quedamos en una cafetería en el Central West End, el barrio del que proviene la familia de Sara, así como también Tennessee Williams, T. S. Eliot y William S. Burroughs. No creo que ella termine siendo escritora, pero dejará huella en el mundo, de eso estoy seguro.

Llego primero, así que me adelanto y pido un par de cafés. A Sara le gusta el café etíope de sabor fuerte, sin azúcar ni crema. Siempre es puntual, así que sé que aún estará muy caliente cuando llegue. He aparcado justo frente a la cafetería, de modo que se percata de mi coche al acercarse a las puertas de cristal y sonríe.

En el interior, me busca por el local con la mirada hasta dar conmigo. Estoy en nuestra mesa, donde nos sentábamos siempre.

—Qué hay —me saluda.

Ya no parece recelosa, solo contenta de verme. Se sienta y se lleva las manos a la cabeza para apretarse la coleta, como hace siempre. Son las cuatro y media de la tarde, pero todavía va vestida con el uniforme del Saint Joe: tenía reunión con el consejo estudiantil después de clase y luego se ha quedado un rato más por alguna emergencia con la venta de tartas que se hará en primavera. Sé que, antes de que Sara llegara, en el Saint Joe solo había una venta de tartas benéfica al año. Ahora hay tres anuales y cada una tiene una temática diferente. Desde que ella se encarga de organizar las ventas, todas las tartas vienen con un folleto sobre la necesidad de mosquiteras y vacunas, o bien de apoyo constante a las regiones donde hace un año hubo terremotos o tornados.

Eso es lo que hace a Sara tan especial. Va dando sorbos a su bomba de cafeína mientras habla entusiasmada sobre concienciar a los pijos de sus compañeros de la pobreza mundial, y no hay amargura ni malicia en su voz. Está utilizando todos los medios a su disposición para hacer del mundo un lugar mejor. Ahora mismo es miembro del consejo estudiantil, pero puede que algún día forme parte de la ONG más grande del mundo. La humanidad necesita gente como Sara; personas honestas que sean capaces de trabajar dentro de los límites del sistema y organizar a la sociedad por el bien común. Dudo bastante que haya mucha gente capaz de hacer eso.

Me encanta charlar con ella. Sabe escuchar de verdad, lo que significa que no se limita a esperar su turno para hablar, sino que asiente, frunce el ceño o sonríe, y se nota que está la hostia de atenta a lo que le estás diciendo.

Le cuento que en Navidad se me ocurrió hacer una crítica sobre el consumismo estadounidense, pero que abandoné el proyecto después de darme cuenta de que no era más que un crío con aires punkis que vivía entre algodones y que despreciaba a los adultos.

—No creo que debas abandonarlo —dice Sara—. El mensaje sigue siendo bueno. Recibiste una dosis de realidad al ver la foto del bebé famélico, así que úsala. Dale voz a ese niño.

Le cuento toda la historia con Ramona y Sam, le hablo del grupo y le digo que estoy componiendo como nunca en mi vida gracias a los dos.

—Sam parece un chico dulce. A Ramona no la conozco, la verdad —responde—. Intimida un poco. Me siento como un bicho raro a su lado.

—Ramona es muy brusca —coincido—, pero es maja. En serio. Y Sam es dulce y tranquilo, pero también un tío increíble. —Asiento con la cabeza y noto que estoy sonriendo al pensar en ellos, en mis mejores amigos.

—Sam es increíble, ¿eh? —deja caer Sara, con los ojos haciéndole chiribitas.

Deja su taza sobre la mesa y se inclina hacia delante, expectante.

—Sí —asiento—, es mi mejor amigo sin duda. Y también Ramona, que ahora es mi novia.

Capto un tic nervioso en los ojos de Sara.

—Tom —me reprende.

—Quiero estar con ella —declaro, porque es verdad. Quiero estar con Ramona. Le he cogido el gusto a abrazarla. Me gusta cómo huele. Besarnos no me desagrada y la quiero.

—¿Por qué me has dicho de quedar? —pregunta Sara—. ¿Estás tratando de demostrar algo?

—¡No! Te echaba de menos. Echo de menos nuestra amistad.

—Y yo te echo de menos a ti, Tom. Y quiero que seamos amigos. Ya estoy preparada para verte de esa manera. Pero tienes que aceptar tu sexualidad.

—¡No tengo sexualidad! —digo, o más bien lo grito, así que supongo que se lo estoy diciendo a todo el mundo.

Sara mira nerviosa a su alrededor y se lleva un dedo a los labios.

—Tom...

—Fuiste la primera persona en mi vida con quien quería verme y hablar a diario —continúo, ahora bajando la voz—. Fuiste la primera persona que pareció comprenderme y aceptarme. Nunca había querido estar con nadie como contigo. Me encantaba abrazarte, y hasta besarte, porque te quería. Pero me dejaste porque mi cuerpo no quiere dar el siguiente paso, y eso hizo que mi amor tuviera menos valor para ti.

»Pensaba que no volvería a sentir algo así por nadie. Hasta que conocí a Ramona. Y a Sam. Los adoro. Quiero estar con ellos.

—¿Ellos? —apunta Sara.

—Sí.

Niega con la cabeza.

—Tom, de veras que tienes que aclararte.

—Sé exactamente quién soy —asevero.

—Y ¿Ramona lo sabe?

Me quedo callado. Empiezo a beberme el café y Sara deja que se haga el silencio entre nosotros. Coge su taza y bebe un largo trago.

—Tengo que irme pronto —dice—. Me ha gustado verte, Tom.

Ramona

¿Alguna vez has conocido a alguien y has sentido que iba a ser importante para ti? Es como si, inconscientemente, llevaras toda la vida esperando conocer a esa persona, porque la reconoces con la misma facilidad con la que te identificas en el espejo.

Eso me ha pasado a mí dos veces.

No existe poema de amor para describir esto.

Mientras Sam juega a la consola, Tom ha conectado su Kaosolator para componer algo con los efectos de sonido del videojuego. Como es obvio, la música que crea no se parece en nada a los efectos originales, pero, aun así, le da a la historia de aventuras un aire divertido y emocionante.

Sam se ríe en silencio y Tom suelta una carcajada malévola.

Madre mía, cuánto los quiero.

Estoy tirada en el sofá detrás de ellos, después de un ensayo en el que hemos vuelto, otra vez, a llevar nuestra música a otro nivel. Me arden los tríceps y los bíceps, pero cuando llegue a casa tendré que seguir practicando el *Transcendental Étude n.º 10* de Liszt porque, según dice John, ya debería dominarlo. De verdad, nunca había tenido tanta música y amor en mi vida, y aunque es cierto que me duele todo, nunca había sido tan feliz.

Cuando Sam asesta el golpe final con su espada, mando en mano, la música de Tom se intensifica de manera dramática y cómica. Chocan los cinco.

Me encanta que rían juntos. Me encanta que Tom altere de ese modo al apacible y soñador Sam. Me encanta componer tanto con uno como con los dos. Me encanta escucharlos tocar juntos. Me encanta la capacidad que tiene Sam de conseguir que el hiperactivo de Tom se pare a pensar, como me hace a mí. Me encanta que se metan conmigo.

Los adoro. Su amistad está en el centro del laberinto que es mi mente, y su amor ocupa el lugar más elevado en mi corazón. Lo que siento por uno no anula lo que siento por el otro, pues mi amor no tiene límites.

Comprendo que el amor es infinito y quiero echar a volar. Tumbada en el sofá, siento que puedo elevarme y levitar.

Los chicos se ríen y se sonríen el uno al otro.

Siento tanto amor que quiero repartirlo por el mundo entero.

Incluso quiero dejar de odiar a Emmalyn.

—¡Ya casi lo tienes, tío! —exclama Tom—. ¡Venga, volvamos a Hyrule!

La estridente música electrónica parece animarlo también. Sam cuadra los hombros y, decidido, se inclina sobre el mando. Relajo los brazos en el sofá y la respiración se me va ralentizando. Verlos juntos calma los latidos de mi corazón, poquito a poco, poquito a poco.

Sam

Hoy me he sentado junto a Ramona en la banqueta del piano y le he ido pasando las páginas de la partitura. A pesar de que no me costaba seguirle el ritmo porque sé solfeo, a veces ha tenido que ir indicándomelo con un gesto de cabeza. Me distraía pensando en lo ágiles que deben de ser sus dedos (el pulgar, el corazón y el anular de cada mano estiradísimos sobre el teclado) para leer las notas que ve en la partitura y convertirlas en los sonidos que estaba escuchando.

Entre melismas, Ramona sacudía las manos y estiraba: primero los brazos por encima de la cabeza y después los dedos hasta las puntas, concentrada de la cabeza a los pies en su cuerpo, tan tranquilo y fuerte, tan ella.

A veces, cuando lo hacía también me rozaba el brazo con un pecho.

Cuando ha terminado de practicar, se ha echado hacia atrás en la banqueta y se ha tirado al suelo. El salón del piso es tan pequeño que el piano ocupa mucho espacio, por lo que podría haberse hecho daño si no fuera porque está acostumbrada a dejarse caer. Creo que lleva toda la vida tirándose de la banqueta del piano.

—Tom quiere enseñarme yoga —me ha comentado, con un tono que ha hecho que sus palabras tuvieran más gravedad de la necesaria.

—¿Sí?

Me he quedado sentado en la banqueta del piano, desde donde la veía a la perfección.

—Sí. Le va lo físico conmigo —ha afirmado y, por suerte, no se me ha escapado ninguna mueca antes de que añadiera—: Hacemos mucho senderismo urbano. La ruta por el río Des Pères fue divertida, porque hicimos un carillón de viento con la rueda de una bicicleta y algunas botellas de vidrio que encontramos por allí.

—Cómo mola.

—Hacemos mucho arte, escuchamos música y hablamos un montón. Luego me lleva a casa.

Me ha parecido que intentaba decirme algo, o tal vez trataba de decírselo a sí misma, pero ninguno de los dos hemos captado el mensaje.

—Suena divertido —he dicho.

—Lo es —ha respondido, pero algo no iba bien.

Se ha recolocado y yo me he levantado de la banqueta para tumbarme junto a ella. Estábamos en silencio. Ramona ha suspirado y yo me he quedado escuchando. Quería estar más cerca de ese sonido.

Tumbados tranquilamente en el suelo, me ha rozado un brazo con el suyo.

He cerrado los ojos.

—Me gusta estar en silencio —ha dicho en un susurro—. Con él nunca estamos en silencio.

Estaba tan concentrado en ella que he oído el roce de su pelo contra la alfombra cuando ha girado la cabeza hacia mí. He supuesto que me estaba mirando, pero, aún con los ojos cerrados, he esperado a que dijera algo.

No ha dicho nada. Ha vuelto a quedarse en silencio junto a mí.

Conmigo.

Mirándome. Se le ha acelerado ligeramente la respiración. No he podido evitar la sonrisa que ha ido asomando a mis labios. Ramona ha suspirado y he imaginado que era por mí. Ramona ha suspirado y me he hundido en el suelo mientras mi alma se elevaba más allá del techo. Ramona ha suspirado y me he dado cuenta de que no sabía lo que sentía por mí, porque nunca había tenido con qué compararlo, porque siempre habíamos estado solo nosotros dos, en silencio el uno junto al otro.

Tom

De repente es primavera, esa época que a decir de todos
la sangre altera. Los pájaros construyen sus nidos en el
porche de madera, y hasta la hierba vuelve a estar tan
verde que no parece verdadera.
También ha hecho viento, del tipo que te da ganas de
correr, correr y correr hasta quedarte sin aliento.
Los profesores dejan las ventanas abiertas al tiempo, y
percibo el resto del mundo, de la vida que me queda,
con decaimiento.

Estamos los tres tumbados en el suelo del garaje, sobre el cemento fresco, con la puerta abierta para que entre la brisa, y hace unos momentos Ramona ha dicho:

—Dentro de cuatro meses nos mudaremos a la residencia del Artibus.

Nadie ha respondido.

Simplemente nos hemos quedado sumidos en nuestros pensamientos.

No iré al Artibus al final. Y que se me pasara por la cabeza
esta o cualquier otra universidad me parece ahora
demencial. No lo haré, no continuaré.
Ansío formarme con la experiencia de la vida, leer cuando
el cuerpo me lo pida, y escuchar tanto música clásica como
jazz cruzando el país por una carretera ininterrumpida. Y
quiero componer y crear arte que poder regalar a todo
aquel que vea pasar.
No quiero hacer carrera, tan solo trabajar cuando dinero
ya no tenga en la cartera. Paso de comprarme casa
alguna y puede que tampoco una familia construya.
Me muero por descubrir la vida a medida que la viva
y siempre como yo decida,
dejando que los sueños me lleguen por propia iniciativa,
y luchar por los valores que en mi mente yo conciba.
Eso es.
Puede que algún día cambie la forma en que actúo, pero no
puedo planear un futuro por el que ahora mismo no daría
un duro.
Tener la vida decidida no te da seguridad, tan solo algo que
al futuro poderle reclamar.

Le aprieto la mano a Ramona y ella me devuelve el gesto. Le debo una explicación por no haber hecho nada cuando, anoche, me cogió una mano y se la puso en el pecho izquierdo. Debería decirle algo. Así es como funcionan las relaciones, y si no puedo darle eso, tengo que decírselo ya. Y pronto.

Soy consciente de que ha llegado el momento de ser
sincero conmigo mismo si quiero ir donde me lleve
el viento.

—No voy a ir al Artibus —les digo.

—¿De qué hablas? —exclama Ramona—. ¡Tienes que venir a la universidad con nosotros!

Ramona

—No puedo —dice—. Lo siento.
Me he mareado de lo rápido que me he levantado.
A mi lado, los chicos como un rayo se han enderezado.
—Tenemos que ir —insisto—. Los tres tenemos que ir.
Tenemos que permanecer unidos,
por la música que escribimos.
No puedo lanzarme a la vida adulta si nos despedimos.
¿Quién me mantendrá cuerda si no es Sam?
¿Quién me dará coraje si no es Tom?
—No voy a ir a la universidad. Creo que lo sé
desde hace tiempo ya.
—Oh, no, Tom. —Quiero llorar.
—¿Ramona? —dice Sam—. Yo también tengo algo
que contarte. Espero que puedas perdonarme…
Sam al Artibus no me acompañará
y Tom directamente pasa de la universidad.
Me precipito al vacío y no oigo más
que un silencio sombrío.

Mi refugio se ha derrumbado y mi red de seguridad se ha
soltado. Siento la cabeza pesada y el corazón machacado.
No logro asimilarlo ni creo que pueda soportarlo.
—Chicos —les digo—, esto me sobrepasa. Necesito
que me llevéis a casa.
Y nos vamos los tres de la mano, como había soñado,
solo que ahora me han abandonado.

Sam

Después de confesarle a Ramona que no iría al Artibus ni estudiaría Música, ha faltado a clase.

Debería haberle contado que no llegué a solicitar plaza en el Artibus. Podría habérselo dicho cuando envié la solicitud de ingreso a la Universidad de Saint Louis, o incluso cuando recibí la carta de admisión. Cualquier momento habría sido bueno, pero cuando Tom soltó su bomba, supe que no podía callármelo más.

Después de clase, Tom ha venido a casa y hemos estado sentados en silencio en el garaje.

—Deberíamos habérselo dicho antes —me he lamentado.

Él ha asentido con la cabeza.

—Sabía que sería una desilusión para ella, pero nunca pensé que la destrozaría de tal manera. Y creía que tú estarías con ella.

—Y yo que tú estarías con ella. ¿De verdad no vas a ir a la universidad?

Tom se ha encogido de hombros.

—Puede que algún día. Pero antes quiero viajar y estudiar

por mi cuenta, lo cual no significa que vaya a dejaros de lado ni a ti ni a Ramona.

He sonreído.

—Yo tampoco voy a permitir que eso pase —he respondido.

Mi padre vive encasillado.
Elige a las personas en su día a día
según lo que de ellas esperaría,
y a mí me quiere, pero tampoco demasiado.
Yo quiero a Ramona tal como es: amante de la música y las personas también.
Y ella quiere a Tom, supongo que por las mismas razones que yo: el entusiasmo, el idealismo y la sensibilidad que demostró.
Mi padre me diría que los separara
para atar a Ramona como novia y a Tom alejar para poner fin a su historia.
Mi padre no conoce el amor y no ha tenido nunca amigos en los que confiara.

Al día siguiente, Ramona ha venido a clase. Ha saludado con una sonrisa y tamborileaba sobre la mesa de pícnic mientras hablaba de la clase de Matemáticas, pero era obvio que seguía sin estar bien. Se había apagado su entusiasmo habitual y sus sonrisas eran insípidas; temía lo que le deparaba el futuro.

Así que le he enviado un mensaje a Tom, que me ha asegurado que tenía un plan.

Esperaba que dijera algo así.

Tom sabrá qué hacer por nuestra Ramona.

Tom

Hay un almacén vacío cerca del río Mississippi con grandes ventanas rotas en lo alto que dejan pasar todo el sol de la tarde. Exploré el lugar hace semanas, pero sin ningún proyecto en mente; solo sabía que era ideal para una confesión.

Ramona necesita en este momento que nos declaremos. Cree que el fin del instituto será el nuestro también, el fin de Vandalized by Glitter.

Ha llegado el momento de confesar lo que siento (por los dos).

Ayer preparé la plantilla. Hoy es el día del estreno.

Le he enviado la dirección del lugar a Sam, pero, entre las calles desiertas y los edificios olvidados del sector naval, tardan una hora en encontrarme.

—¿Tom? —me llama Sam, de pie junto a la puerta rota. Con los ojos entrecerrados, se tapa el sol con una mano. Ramona, pálida y en silencio, mira por encima de su hombro—. ¿Eres tú, Tom?

—Sí —digo—. Pasad.

Avanzan hacia mí, pero desvían la mirada de mi cara a la pared de ladrillos que se desmorona a mi espalda.

Con la pintura azul más intensa que encontré, he dibujado tres círculos entrelazados en la sucia pared de ladrillos rojos. Cada uno comparte algo de sí mismo con los demás, y todos forman parte del centro.

Debajo de eso, he añadido: «PIENSA DIFERENTE, AMA CON LIBERTAD».

—Pues, tal como yo lo veo, Ramona es el corazón. Sam, tú eres nuestro igual. Y yo soy el signo de interrogación —les digo, señalando a cada uno de ellos. Estoy nervioso. Lo que estoy tratando de decir es muy importante.

»Y los círculos representan nuestra individualidad, pero también que somos parte los unos de los otros. Somos uno los tres juntos.

»Cuando estoy con vosotros, veo el mundo de una manera distinta. Soy menos cínico. Creo que lo que tenemos me ha abierto el corazón, porque me preocupo más por los demás, por todo el mundo. Lo que intento decir es…

De repente, la certeza de mis palabras me da la confianza que necesito para continuar.

—Lo que tenemos no es algo pasajero de la adolescencia —les digo—. Llevaba toda la vida esperándoos. Ahora sois parte de mí, así que no importa dónde acabemos, porque seremos los tres para siempre.

Me siento como si fuera el primero en dar el salto al vacío y no sé si querrán cogerme o no.

Se acercan a mí.

Ramona me toma de la mano y luego a Sam, a quien le toco un hombro. Él me mira a los ojos y asiente con la cabeza.

Y permanecemos allí juntos bajo la luz del sol.

Ramona

La madre de Emmalyn tardó mucho en morir. Así me lo ha contado Ava Schumacher en el baño de chicas. Sé que es extraño que le haya preguntado sobre el tema, pero también ha sido un poco extraño que ella estuviera deseando explayarse. Yo solo lo he hecho porque necesitaba saberlo.

Mi madre también tardó mucho en morir.

El cáncer azota el cuerpo como las olas del océano. Remite, muere como el otoño y renace en primavera. Y al igual que la esperanza, se resiste.

Mi madre murió cuando yo tenía nueve años, y permanece en mi memoria de dos maneras.

La recuerdo al piano, tocando para mí, enseñándome, acariciándome, rozando las teclas, mis dedos y sus dedos. Recuerdo su voz en mi oído mientras practicábamos, animándome en susurros, firme pero sin regañarme nunca.

La recuerdo en el sofá, demasiado enferma para levantarse y sentarse al piano. Yo tocaba para ella hasta que la veía esbozar una sonrisa, que solía ser débil y, a menudo, somnolienta. Recuerdo los huesos de su rostro, la agitación en su pecho, el susurro de su respiración. Recuerdo la cama de hospital donde me tumbaba junto a ella con las partituras y el teclado electrónico.

Hay otra situación de aquellos años que no se me olvida. Fui a una escuela concertada hippy que fomentaba el librepensamiento y la alimentación saludable. Mis compañeros de clase no eran unos lumbreras, pero todos sabían leer, mientras que a mí aún me costaba.

Sabía leer todas las letras. Ese no era el problema, ya que las había aprendido con facilidad. Pero cuando se juntaban para formar palabras, m epe rd ía.

La sletr ass emo ví an yse desc olo caban

y

la d min úscul aera idé nti ca a la b db db bd db.

Tardé un poco más en aprender a leer que mis compañeros de clase, pero como seguía siendo una estudiante brillante, nadie se preocupó. Con todo, un buen día, de repente (pues de repente me pareció a mí) resultó que NECESITABA MEJORAR en la lectura: no acababa de leer los libros de clase a tiempo, o no era capaz de terminarlos siquiera. Los profesores recomendaron a mis padres que buscaran AYUDA MÉDICA.

—¿DISLEXIA? —preguntó mi madre—. Pero lee las partituras a la perfección.

Aquel día se encontraba lo suficientemente bien como para acudir a la cita. Su pañuelo de flores era lo más brillante en la consulta, hasta que pronunció aquellas palabras y sentí que me ardía la cara.

Había sido fácil fingir. Cuando mi madre me preguntaba las notas, decía bien sus nombres; por separado, sabía leerlas y entonarlas. Pero cuando me sentaba al piano y trataba de u nirla sno tas p ara seguir leel ritmo, me eraimp osible leerl as.

Sin embargo, cuando mi madre se sentaba a ayudarme con la pieza, tan solo tenía que observar sus manos y sabía qué hacer. Al poco tiempo, pude limitarme a mirar la inco mpre nsi ble partitura frente a mí y tocar de memoria la canción que me había mandado aprender.

Cuando mi madre entendió lo que había pasado, no se enfadó conmigo, sino que se sintió devastada al pensar que me había fallado.

—Debería haberme dado cuenta —repetía sin parar.

Volvió a intentar enseñarme solfeo, pero cada lección terminaba en lágrimas.

Yo seguí tocando para ella cuando estaba acostada en el sofá. Interpretaba todas las canciones que me sabía de memoria. Pero había tristeza en su mirada incluso cuando sonreía. Cuando le dije que no había sido mi intención mentirle, ella me abrazó y me dijo que lo sabía, y que siempre me querría y estaría orgullosa de mí.

Mis padres contrataron a una tutora de lectura que venía dos veces por semana. La señorita Judy cubría los textos con tarjetas para que
solo viera las
l e t r a s
de una en una, y después
las palabras
de una en una también,

hasta que fui capaz de leer frases enteras en voz alta, a un ritmo lento pero razonable.

Mi madre tuvo que ingresar en el hospital por entonces. No lo sabíamos, pero ya no volvería a casa. La señorita Judy quería que leyera veinte minutos cada día y, de repente, aquello se volvió para mi padre más importante que el piano.

En dos ocasiones tuve un berrinche porque no quería que fuéramos al hospital hasta que terminara la lectura de ese día.

Mi madre dejó de responder al tratamiento, pero había un fármaco experimental que los médicos querían probar.

Cuando le conté que tocaba el piano, no respondió con tanto entusiasmo como siempre; quería saber cómo llevaba la lectura. Era un incordio estresante, pero parecía que era lo único que le importaba ya a todo el mundo.

Finalmente, mis padres me dijeron que los médicos iban a trasladar a mi madre a un centro de cuidados paliativos. Pero no se trataba de una forma nueva de luchar contra el cáncer; la lucha había terminado: el cáncer había ganado.

Mi madre seguía viva, pero su vida había terminado. Había viajado por toda Europa como música profesional, y tenía marido y una hija. Era una buena vida, pero se había acabado y jamás tendría nada más.

Soy su única hija, y mientras me sonreía entre las sábanas rosas de su cama de hospital me di cuenta de que, a menos que aprendiera a leer las partituras, mi carrera como pianista había llegado a su fin. Ya podía desvivirme por la música, sentir que lo era todo para mí, que nunca llegaría a nada si solo era capaz de tocar lo que había aprendido observando a mi madre.

Todos los días después de clase, leía durante veinte minutos y luego iba con mi padre a visitarla. Tenía un teclado en su habitación, siempre configurado en modo piano de cola, con el que me ayudaba a practicar la lectura de partituras durante horas, hasta que ambas estábamos demasiado cansadas.

Hasta que mi madre se fue.

Pasé tercero con una nota en lectura dentro de la media.

E interpretaba las viejas partituras de mi madre con tanta rapidez que mi padre consideró conveniente reemplazar a la señorita Judy por un profesor de piano.

En fin.

Esa es la historia de cómo murió mi madre y yo decidí dedicarme a la música.

No sé cómo murió la madre de Emmalyn, pero sé que es la historia de cómo ella llegó a ser la persona que es ahora, la misma historia de todo aquello que llegue a ser en la vida.

Y como yo tengo mi propia historia, un pasado que va más allá de la persona que soy en mis peores momentos, sé que no puedo juzgar a Emmalyn, porque en realidad no la conozco. Solo conozco algunas de sus acciones estos últimos años.

Por eso, aunque nunca vayamos a abrazarnos, tal vez no esté de más hacer las paces con ella antes de que no nos volvamos a ver jamás. Estamos a punto de entrar en la vida adulta y tal vez a ella también le gustaría empezar de cero.

Sam

—Hey —he dicho.

Acabábamos de salir de la autopista, que hemos recorrido con las ventanillas bajadas para acariciar con las manos la brisa y el sol. Solo hemos tenido medio día de clase y la tarde era nuestra.

—Hey —ha respondido ella, sonriéndome, sin sospechar nada.

He vuelto a mirar la carretera y he subido las ventanillas para que me escuchara claramente.

—Estoy enamorado de ti —le he soltado. Solo he podido echar un rápido vistazo a su cara de sorpresa. Decidí hacer esto en el coche porque conducir me tranquiliza, y porque así Ramona no podría marcharse hasta que terminara de decir lo que tenía que decir—. Lo siento si te incomoda. Me gustaría que fuéramos amigos pase lo que pase, pero es que te quiero. Y puede que me haya vuelto loco, pero creo que existe la posibilidad de que tú también estés enamorada de mí. Así que, si es verdad, creo que deberíamos estar juntos.

—Sam, ¿hablas en serio? —ha preguntado.

—Sí —he dicho, con un gesto afirmativo para enfatizar la respuesta.

Hemos llegado a un semáforo en rojo y he ido reduciendo la velocidad hasta detener el coche.

—Yo también te quiero —ha asegurado. Nunca había oído la voz de Ramona tan sosegada.

—¿En serio?

Me he vuelto para mirarla tan rápido que me ha crujido el cuello: se estaba riendo y tenía lágrimas en los ojos.

—Ay, Sam —ha exclamado.

He quitado una mano del volante y se la he tendido. Ramona ha entreabierto la boca. Detrás de nosotros un coche nos ha pitado y hemos pegado un salto, así que he tenido que separarme de ella y mirar la carretera.

—Pero, Sam, también estoy enamorada de Tom. Sé que no parece posible querer sinceramente a dos personas a la vez, pero es cierto. Lo juro.

—¡Lo sé! —le he asegurado, y era verdad. Ramona es toda amor. De nuevo, solo he podido echarle un vistazo a su cara de sorpresa, pero tenía mi discurso preparado y estaba listo para soltarlo—: Yo también quiero a Tom. No siento atracción sexual por él, pero lo quiero. Es superimportante para mí. Me apetece verlo y hablar con él todos los días, como contigo.

»Te quiero, y él te quiere a ti, y sé que también me quiere a mí, por lo que creo que podemos encontrar la manera de hacer que esto funcione. O sea, está claro que tenemos que hablarlo con Tom, pero si tanto nos queremos todos, ¿dónde está el problema? ¿Por qué no podemos estar los tres juntos?

Lo había calculado a la perfección, porque justo hemos llegado al aparcamiento frente a su edificio. He quitado las llaves del contacto y me he vuelto hacia ella. Había tal batiburrillo de emociones en su rostro que no he sacado nada en claro.

Ramona ha guardado silencio, todavía con lágrimas en los ojos, y luego ha dicho:

—Hablas en serio, ¿no?

He asentido con la cabeza.

—¿Recuerdas la semana pasada, cuando estábamos los tres tumbados en el suelo del garaje? —le he preguntado—. Tú y Tom estabais cogidos de la mano, y yo, que estaba a tu otro lado, pensé en lo feliz que sería si también pudiera hacerlo. No me molestaría que siguieras cogida de la mano de Tom, porque yo también lo quiero. Así que, sí, si a Tom le parece bien, hablo en serio.

»Ramona, eres extraordinaria. Eres inteligente, divertida y vivaracha. No quiero acapararte, tan solo estar contigo y quererte.

Al repetir esta última palabra, he vuelto a poner una mano sobre la suya y he esperado.

—Ay, Sam, no sé. Es que no sé —se ha lamentado.

Entonces se ha puesto a llorar de verdad y la he abrazado mientras sollozaba en mi hombro y me explicaba todo lo que no sabe.

Tom

—¡TOM!

Cierro de golpe mi taquilla y me doy la vuelta.

—¿Ally? —digo.

—¿Te habías olvidado de que hoy era el último día para apuntarse a la exhibición?

—No.

—Entonces ¿irás al despacho de la señora Beasley antes del almuerzo?

—No.

—¡TOM!

—Ally —empiezo—, agradecería tu preocupación si no fuera porque no haces esto por mí; quieres que actúe por tu legado, pero esto no tiene nada que ver conmigo.

Estoy a punto de largarme hacia la cafetería cuando me suelta un chillido autoritario que me para los pies.

—¡TOM! Así ha sido con la mayoría de las personas a las que he estado acosando en las últimas semanas, pero contigo soy sincera.

No le respondo, lo cual parece ser todo el acicate que necesita.

—Nunca has querido relacionarte con los demás, nunca. Probablemente haya sido lo mejor, porque no encajas con la mayoría y lo sabes.

De nuevo no le respondo y ella continúa:

—Tom, yo siempre te he admirado. De veras. Eres diferente. Todo el mundo lo sabe y por eso les pareces intimidante. Pero yo tengo dos padres fantásticos que llevan toda la vida diciéndome lo increíble que soy, así que no acepto que quede así la cosa. Pero, vaya, que nunca te han dado la menor oportunidad porque se sienten intimidados por ti. Esta es tu oportunidad.

—Adiós, Ally —digo. Cuando estoy dando media vuelta, me agarra del brazo.

—¡TOM! Es tu legado. No vas a volver. No irás a las reuniones de exalumnos. Tú lo sabes y yo lo sé. Esta es tu única oportunidad de mostrarle al mundo quién eres. ¿A quién le importa lo que piensen?

—A mí no.

—Exacto.

—Ally…

—Lárgate del instituto riéndote de todos los que te menospreciaron. Plántate como el bicho raro que eres y di *sayonara.* No te quedarás anclado al pasado solo porque les dejes algo que recordar.

—Ally…

—¿Tom?

Ramona

Llevo a Tom a un parque que hay justo enfrente del edificio donde vivo para hablar con él.

—Jugaba aquí cuando era pequeña —le digo.

—¿Sí?

Sabe que estoy rara y parece estar preocupado, pero continúo.

—En los barrios residenciales, los niños tienen un jardín trasero y tal vez un columpio —sigo diciendo—. Pero yo tenía todo un parque infantil y un lago con patos.

Me siento en el banco frente a las barras de mono. Tom se desploma a mi lado, con la cabeza gacha. Tiene exactamente el mismo aire que el día que lo conocimos, decaído y solitario.

—¿Tom? —lo llamo.

—¿Sí?

—Te quiero.

No nos lo habíamos dicho nunca, al menos explícitamente. Deja de mirarse las rodillas y levanta la vista hacia mis ojos.

—Yo también te quiero —responde, pero con cautela, como si temiera caer en una trampa.

—Pero no te excito, ¿verdad?

Mantengo la mirada firme y cálida. De nuevo, Tom se desploma en el asiento y mira al suelo.

—Debería habértelo dicho —se lamenta—, pero Sara me dejó cuando se lo dije. No quiero perderte, Ramona.

—No voy a abandonarte, Tom —le aseguro—. Así no funciona el amor.

Coge aire entrecortadamente y a mí se me rompe el corazón.

—No es que no me excites, Ramona. Es que nadie me excita. Nunca he sentido eso por nadie ni creo que lo sienta jamás. No sufrí ningún trauma. Los médicos dicen que a mi cuerpo no le pasa nada malo. Por favor, créeme. Sé que te quiero y creo sinceramente que estoy enamorado de ti. Pero no puedo acostarme contigo porque el sexo no forma parte de mí, sin más.

Me doy unos instantes para pensar en ello.

Parece algo que podría pasarle a cualquiera, algo natural.

Sigue siendo el mismo Tom, solo que antes no sabía esto sobre él.

Todavía quiero estar con él, pero ahora tendré que verlo de otra manera y no esperar lo mismo de él.

—Vale.

—¿Qué?

Me encojo de hombros.

—O sea, yo no quiero renunciar al sexo de por vida, lo cual está relacionado con otra cosa de la que tenemos que hablar, pero vale.

Se abalanza sobre mí para abrazarme, con tanta fuerza

que me tira hacia atrás y casi nos caemos del banco. No puedo evitarlo; me echo a reír.

—¿No crees que esté mintiendo o negando algo, que soy un bicho raro?

Me echo a reír de nuevo.

—No, creo que eres Tom y ya está —respondo. Me da un achuchón y se lo devuelvo, disfrutando de lo agradable que es que te abrace alguien que te quiere—. Tengo que contarte algo —digo finalmente.

—¿Sí? —Tom se echa hacia atrás.

—Sam está enamorado de mí.

Adopta una expresión triste y suspira.

—Lo sé —afirma.

—¿En serio?

—Lo sé desde hace mucho tiempo. ¿Cuándo te has enterado?

—Hoy. Tom —empiezo, y ahora soy yo quien respira profundamente—, yo también estoy enamorada de él.

—Ah, ¿sí?

Ha ladeado la cabeza, sorprendido. No está enfadado. Parece preocupado, pero no me ha soltado la mano.

—Sam no quiere que rompamos —me apresuro a explicarle—. Dice que él también quiere estar conmigo y seguir siendo tu amigo.

—Pues eso es perfecto —sentencia Tom.

—¿Qué? —pregunto yo esta vez.

—Que es perfecto. Así podemos estar los tres juntos.

—¿No crees que sea raro?

—Es raro, pero eso no significa que sea nada malo.

Me río y le apoyo la cabeza en el hombro por última vez, al menos por ahora.

—Voy a necesitar un tiempo para verte con otros ojos —le digo—. Puede que debamos dejar las muestras de cariño por una temporada. Necesito poner nuestra relación física en contexto.

Tom me aprieta la mano y luego me la suelta.

—Me encanta cogerte de la mano, abrazarte —dice—. Y me gusta besarte.

Tras esto, nos ponemos a hablar de lo que le gusta más y de lo que le despierta menos entusiasmo. Me pregunta sobre la conversación que tuve con Sam y después dónde está nuestro amigo.

—En casa, supongo. Le he dicho que tenía que hablar contigo.

—Podríamos ir a verlo —sugiere—. Hace falta una reunión de grupo. Tengo que pediros un favor a los dos de cara a la exhibición de talentos que se celebra en mi instituto.

Sam

—¿Nos has inscrito en una actividad escolar? —he preguntado. Estábamos los tres sentados en círculo en el suelo del garaje. Ramona y yo nos habíamos cogido de la mano, lo que aumentaba la sensación de ensueño de la conversación: ahí sentados juntos los tres, todo era diferente, pero igual al mismo tiempo—. ¿Quieres que Vandalized by Glitter actúe en la exhibición de talentos de último curso de tu instituto?

—Sí —ha dicho Tom—. No es propio de mí marcharme sin dejar huella. Quiero enseñar a mis compañeros de clase nuestra música.

—Supongo que Vandalized by Glitter necesita un ensayo público —ha dejado caer Ramona.

No estaba cogida de la mano de Tom en ese momento, pero llegará el día en que lo haga, y no me importará porque seguirá conmigo.

—Sí, o sea, tampoco hay que darle demasiada importancia al asunto ni nada —ha comentado Tom, pero, dada nuestra situación, me he echado a reír.

—¡Bueno! —Sin soltarme de la mano, Ramona se ha puesto de pie de un salto y me ha arrastrado con ella. La quiero tanto…—. Hay que terminar de mezclar el álbum, así podremos subirlo a la web por si resulta que a alguno de tus compañeros le gusta nuestra música. Y luego tenemos que elegir… ¿Cuánto tiempo has dicho que tenemos, quince minutos? Pues entonces tendremos que elegir un par de canciones y practicarlas un montón, así ¡puede que a algunos de tus compañeros les guste lo que hacemos!

Tom ya se había puesto en pie. Lo he imitado ayudándome con una mano, todavía reacio a soltar a Ramona. (Aún no la he besado, pero algo me decía que lo haría pronto, que la llevaría a casa una noche…).

—Vale, pues será mejor que nos pongamos manos a la obra —he sentenciado—. Mañana tengo clase y no puedo irme a dormir tan tarde.

Tom

—Hay algo que quiero contaros —les digo a mi madre y a mi padre a la hora de la cena.

Esperan que les hable sobre mi vida, que comparta mis sentimientos y demás. Nos hemos pasado la mayor parte de mi adolescencia enfrentados por mi renuencia a contarles nada sobre mí, por lo que espero que se alegren mucho al oírme decir esto. Pensaba que al iniciar esta conversación estarían encantados de que los involucre en mi vida.

En cambio, parecen sorprendidos. Y recelosos. Pero no me queda otra que lanzarme a la piscina.

—Esta es una de esas situaciones en las que os voy a pedir que no me interrumpáis hasta que haya terminado, ¿vale? —Esto no mejora su reacción, pero sigo sin poder hacer más que continuar—: No quiero ir al Artibus. Sé que a Jack le fue genial, pero no creo que sea el lugar adecuado para mí. Sé que solo queréis lo mejor para mí, por eso voy a deciros lo que creo que me conviene.

»Teddy dice que quiere contratarme de verdad, legalmente y todo eso. Me gusta trabajar en Grift Craft. Se me da bien recomendar a la gente materiales artísticos. Teddy tiene intención de abrir otro negocio con un amigo suyo. Estará bastante ocupado este verano, pero dice que me pasará a jornada completa en otoño.

»No es que quiera dedicarme a la venta, pero me gustaría trabajar allí unos años. Os pagaré el alquiler si queréis. También seguiré leyendo, tanto los clásicos como las obras más importantes de no ficción, y estudiaré música. No voy a dejar de formarme, lo juro.

»Viviré con un presupuesto muy reducido, porque quiero ahorrar tanto como pueda. Cuando vea que tengo dinero suficiente en el banco, me compraré un coche (el menos contaminante en el que pueda vivir de vez en cuando) y me gustaría viajar por el continente, ver tanto como sea posible. Gastaré poquísimo, porque puedo dormir en albergues y comunas... Déjame terminar, mamá. E incluso quedarme durante un tiempo en algún sitio y buscarme algún empleo temporal. El trabajo físico me hará bien.

»Podría estirar el dinero y viajar durante unos años, ver el mundo tal como es. Y no dejaría de leer ni de ver documentales. Lo que intento deciros, gente, es que quiero elegir mi propia educación. No tengo ni idea de dónde acabaré, pero tampoco lo saben la mayoría de los universitarios y, de todos modos, los que tienen claro qué hacer con su vida pueden estar equivocados.

»Esto es lo que quiero de verdad, gente. No es ganar tanto dinero como sea posible, sino ver mundo y experimentar todo a mi alrededor.

Mis padres se me quedan mirando desde el otro lado de la mesa.

—Tu intención es ser un va-ga-bun-do —dice mi madre.

Lo cierto es que la cosa no mejora a partir de ahí.

—¡En las comunas no se pinchan heroína, papá! —le grito a mi padre en algún momento.

—¡Es imposible que sepas eso, Tommy! —chilla mi madre a modo de respuesta.

La conversación no termina hasta horas después, cuando admitimos que así no llegaremos a ninguna parte. Lo único que se puede hacer es dejar el tema durante al menos una semana e intentar sentarse a discutirlo con calma más adelante.

No puedo creer que pensara de verdad que esta conversación podría ir bien.

Ramona

Hoy vamos a forrar Saint Louis de panfletos. El mensaje tiene que llegar a cada vecindario, por lo que nos llevará el día entero.

Tom ha diseñado el panfleto como parte de su proyecto artístico, obviamente. Está hecho con un papel blanco, sencillo y fino, y con tinta barata de color negro; para darle más austeridad. En la parte superior se lee:

NIÑO PERDIDO

Debajo se ve una foto de un bebé (que espero que haya sobrevivido) y pone:

¿HAS PENSADO ALGUNA VEZ
EN EL HAMBRE
EN EL MUNDO?

Junto al mensaje hay la dirección de un sitio web que Tom creó con estadísticas de regiones afectadas por la desnutrición crónica y que dirige a los usuarios a organizaciones benéficas que proporcionan alimentos, así como algunas ONG que proponen caminos hacia la sostenibilidad.

No es mucho, pero, como dijo Tom, tal vez se interese alguien e incluso hagan un par de donaciones, así que algo es algo.

Yo llevo los panfletos; Sam, la grapadora para los postes telefónicos, y Tom, la cinta adhesiva para las farolas. Hasta ahora hemos colgado veintitrés panfletos; nos quedan veintisiete.

Sam no para de lanzarme miraditas cariñosas, pero con expresión atónita. Es como si de repente recordara que estamos juntos.

No sabía que se podía ser tan feliz. Ojalá todo el mundo se sintiera así. Ojalá todo el mundo tuviera tanto amor en su vida como yo.

—Aquí —indica Tom—. Justo al lado de este cartel del perro perdido. Queremos que pase casi desapercibido, para que cuando la gente lo vea, les choque. Queremos que reaccionen emocionalmente a la imagen antes de que puedan desentenderse.

Tom es el mismo de siempre, aunque puede que esté más tranquilo, como al principio de conocernos. Me da pena perderme todo lo que había imaginado que tendríamos, pero me enamoraron sus peculiaridades, así que no puedo culparlo por eso ahora. Me adaptaré a la situación y, cuando me toque, mi cuerpo entenderá el motivo de sus atenciones. Volverá a abrazarme, a besarme y a llamarme su «niña» en cuanto le diga que estoy lista para ello.

Si me hubiera pedido exclusividad,
no habría podido aceptar.
Aunque, de haberlo pensado con anterioridad,
habría preferido una pareja convencional.
Pero aquí estamos.
Tengo a Sam, mi Sam, que siempre fue mi Sam.
Y también a Tom, el raro y guapísimo de Tom.
Hemos salido a colgar panfletos;
ellos se miran y se ríen como dos gamberros.
Es la esperanza la que nos empuja a hacer esto:
esperanza en el futuro y en cómo lo nuestro llevaremos.
¿Qué tienen de malo la esperanza y el amor?

Sam

Mi novia está tocando la batería.

¿Mi novia? Es buenísima con la batería. La mejor, de verdad. Toca como una posesa cada vez. Golpea el bombo con la furia de un tifón y el charles con la delicadeza de una reina.

Joder, qué orgulloso estoy de ella y de ser su novio. Eso es, soy su novio. Es un hecho. La besé y respiré el olor de su cuello. De Ramona. De mi novia.

Toco el sitar mientras la observo seguirnos el ritmo. Tom está añadiendo efectos con el teclado del Kaosolator, el cual emite un gong que evoca un baile en algún bosque élfico.

Dentro de dos semanas tenemos la exhibición en su instituto. Será la primera actuación pública de Vandalized by Glitter y la última como estudiantes de instituto. Hay algunos locales en Saint Louis donde se permite actuar a músicos menores de edad. Tom hablará con Teddy para que sus contactos nos ayuden con las reservas. En julio los tres tendremos dieciocho años y podremos dar al menos un concierto antes de que Ramona se mude a la residencia del Artibus.

Después de eso, volverá a Saint Louis los fines de semana que tengamos algún bolo, y buscará un local cerca de la facultad donde podamos ensayar cuando la visitemos.

Tom dice que se irá dentro de unos años. Legalmente, sus padres no pueden obligarlo a estudiar, y tampoco es que vayan a echarlo de casa como castigo por querer vivir como un nómada. Continúan las negociaciones.

Lo que ha escogido es algo que yo nunca elegiría, pero me alegra que sepa lo que quiere. Estoy deseando leer con Ramona los mails que nos envíe. Nos llamaremos, haremos videollamadas, nos escribiremos mensajes de texto e iremos a visitarlo.

Mi novia deja de tocar la batería y se seca el sudor de la frente.

Me encanta verla tocar. Tiene mucho talento y la forma en que se le mueven las tetas cuando toca es increíble.

—Somos la leche —dice—. Tenemos que repetirlo.

Tom

De vuelta a la mesa de la cocina.

Aquí es donde mis padres se sentaron a hablar con mi hermano Matt cuando dejó embarazada a la que entonces era su novia y ahora es su mujer. Desde que se casaron de penalti, pasamos las Navidades en su casa con sus cuatro hijos, rodeados de fotos de la apresurada boda. Todo el mundo es feliz y nadie parece recordar mi sobrino Cody vino al mundo en medio de tanta disputa. Yo tampoco me acuerdo, porque solo tenía dos años cuando ocurrió, pero me han contado historias y todos sabemos que aquí es donde nos sentamos cuando hay algo serio de lo que hablar.

Aquí también es donde mi hermano favorito, Steven, les contó a mis padres que es gay. Esa conversación sí que fue incómoda. Espero que en el futuro la gente pueda llevar a casa a su pareja sin ningún tipo de anuncio. Ya tenemos suficientes conversaciones incómodas con nuestros padres durante la pubertad; añadir la de «Bueno, pues que solo me gustan las personas con tales o cuales genitales» es cruel.

Mi otro hermano, Jack, se sentó aquí con mis padres cuando les dijo que quería ir al Artibus College y estudiar Arte. Siempre nos habían dejado muy claro que una carrera profesional práctica era la única opción que apoyarían. Jack los convenció de que solo sería feliz trabajando en el mundo del arte. Al final fue al Artibus. Ahora es diseñador gráfico y parece bastante feliz.

Esto es lo que mis padres esperaban de mí. Cuando les conté que quería estudiar Arte y Música, me dijeron que iría al Artibus como mi hermano. Me mandaron a hacer la audición y me recordaron que enviara por correo la solicitud de ingreso. Supongo que imaginaban para mí algún tipo de trabajo como el de Jack.

Pensaban que conmigo habían evitado esta conversación.

Esta mesa.

—No sabes lo que querrás en el futuro —repite mi madre sin parar.

—Nadie lo sabe —respondo—. Y si quiero ir a la universidad, pues ya lo haré en un futuro.

—No entiendo por qué no puedes ir al Artibus —dice mi madre más tarde.

—¿Entiendes que no quiera meterme en el ejército? ¿O a cura? —pregunto—. No es lo mejor para mí.

—Todo el mundo tiene que trabajar, Tom —interviene mi padre.

—Es que voy a trabajar —insisto—. Voy a trabajar duro. Y

a formarme. Y a vivir con lo justo. Dejad que os lo explique de nuevo.

Critican mis planes. Hago algún cambio.

Se hace tarde, pero seguimos sentados a la mesa.

Al final, llegamos a un punto muerto. Acepto hacer algún curso de formación profesional mientras trabajo en Grift Craft. Consienten en que pague un alquiler, pero me aseguran que si alguna vez quiero estudiar a tiempo completo y trabajar a tiempo parcial, eso se acabó. Les doy las gracias y logro callarme lo innecesaria que me parece la propuesta. Les prometo que cuando esté de viaje, los llamaré, enviaré correos electrónicos, tendré una cuenta bancaria y me mantendré aseado. Mi madre aprieta los labios.

Sé que esperan que mis prioridades cambien cuando conozca a una buena chica (o a un buen chico), pero eso no va a pasar. Ya los he conocido y mantendremos el contacto mientras esté de viaje.

Soy consciente de que me voy a pasar los próximos dos años investigando al máximo sobre coches, albergues, comunas y turismo de sofá.

Es tarde cuando nos levantamos de la mesa. Mi madre me abraza y mi padre suspira antes de darme una palmada en la espalda. Me quieren aunque no me entiendan, y la conversación ha terminado bastante bien para los tres.

Ramona

—De veras que no tengo palabras para expresar lo bien que has tocado esta noche —me dice mi padre—. Cada día pienso: «Ojalá su madre pudiera verla», pero es que esta noche…

Nos acercamos al Arco Gateway por la carretera. Faltan seis semanas para el solsticio de verano, por lo que el sol apenas se está poniendo y ya empiezan a encenderse algunas luces. Anochece.

Mi padre se aclara la garganta.

—Esta noche he sentido que tu madre estaba aquí con nosotros —añade.

Hoy hemos tocado con la filarmónica del Saint Joseph. De hecho, voy maquillada y llevo las perlas que mi madre se ponía cuando estaba de gira por Europa. En el regazo tengo tres ramilletes de rosas.

Las rojas son de Sam, las amarillas son de Tom
y las naranjas, de los dos.
He visto a Emmalyn en la entrada,
así que me he acercado a regalarle una de las anaranjadas.

Le he dicho que siempre quise ser fiel a mi personalidad,
que siento que no trabáramos amistad.
Y ella se ha disculpado por ir haciendo
comentarios entre dientes,
porque fue inmaduro por su parte y lo siente.
Así que se acabó: ya no tendremos
que odiarnos en la graduación.

—Gracias, papá —respondo.

Nunca me había dicho cuánto deseaba que mi madre pudiera verme. No habla mucho de ella (casi nunca, en realidad), pero es que esta noche he interpretado una pieza de Bach, su favorito.

—Estoy orgulloso de ti. Te has esforzado muchísimo.

—La música es lo segundo más importante del mundo —recito las palabras que mi madre siempre decía. Ya no las repetimos en voz alta, pero pienso en ellas todo el tiempo.

Lo más importante es el amor.

—Eso es cierto —asiente mi padre, más tranquilo ahora. Después de una pausa, añade—: Aunque para mí son las novelas. Las novelas son lo segundo más importante del mundo.

—Ah, ya. —No sé por qué me sorprende. Mi padre no es ni músico ni uno de esos profesores de secundaria que no pueden dedicarse a lo que les apasiona. Siente verdadera vocación por enseñar a los adolescentes a apreciar las obras de Jane Austen—. Qué específico. Ni los libros ni la literatura. Solo las novelas.

—Me gustan todos los libros y siento debilidad por la literatura en general, pero las novelas son la esencia de mi trabajo. Son la razón por la que elegí dedicarme a esto.

Esto es lo más normal para mi padre: es más habitual verlo entusiasmarse por las novelas que hablando del tiempo.

—Para mí, es solo la música —declaro, sintiéndome de lo más valiente—. No el piano en concreto; la música que compongo con Vandalized by Glitter también es muy importante para mí.

—Sí, pero recuerda que eso no es lo que te dará de comer —apunta, girando en una curva para salir de la carretera—. Llevas tocando el piano desde que tenías cuatro años. Te has preparado para esto. Además, he mantenido todos los contactos de tu madre. Hay mucha competitividad en el mundo de la música y tienes ventaja al piano.

—Voy a especializarme en percusión en el conservatorio del Artibus —le digo—. Seguiré con las clases de piano, pero también asistiré a las de xilófono y marimba, y haré composiciones con claves y congas...

—No... —empieza a decir mi padre, al tiempo que sacude la cabeza sin dejar de mirar la carretera. Ya casi hemos llegado a casa—. No creo que sea una buena idea, lloriquilla. Debes centrarte en el instrumento con el que tengas oportunidad de hacer carrera e impresionar a los maestros que podrían ayudarte. Especializarse en percusión suena divertido, pero no es práctico.

—Papá, en serio... Voy a hacerlo. Sé que aumenta el riesgo que ya de por sí conlleva esta carrera profesional, pero es mi vocación. La de mamá era tocar el piano, pero yo soy diferente. Me encanta el piano y me encanta la batería.

(Igual que estoy enamorada de Sam y estoy enamorada de Tom).

Mi padre sigue conduciendo. No apaga el motor cuando llegamos a casa.

—A todos los padres les asusta que sus hijos abandonen el nido. Yo solo quiero sentir que estás a salvo, pero no creo que llegue a estar tranquilo jamás. Nos despertábamos en medio de la noche aterrorizados de que te hubiera pasado algo, pero ahí estabas, dormidita en tu cama, sana y salva. Si ya me cuesta creer que estás bien aun durmiendo en tu propia cama…

Se aclara la garganta nuevamente.

—Voy a estar bien pase lo que pase, papá —le aseguro—. Hay amor en mi vida. Y música. Encontraré mi camino.

—Tu madre también era muy testaruda —dice, con lágrimas en los ojos.

Yo también dejo que broten las mías, para que no se sienta solo en esto. Además, así tiene que consolarme y no se avergüenza por llorar delante de su hija, lo cual no debería ser así, pero los hombres son raros.

En fin.

El amor es lo más importante del mundo, incluso si ambos nos sentimos un poco tontos por estar llorando en el coche con el motor aún en marcha.

Sam

—Y, dentro de unas semanas, ¿Ramona y Tom volverán a estar acaramelados? —me ha preguntado mi madre.

Esta noche estaba preparando una tarta Alaska. En realidad, le está durando la fase de repostera gourmet, como le pasó con el yoga. También ha empezado a hablar mucho más sobre medioambiente, e incluso puede que participe en una manifestación que se ha organizado este fin de semana.

—Sí —he respondido—. No me importa, porque seguirá siendo mi novia. Solo te lo cuento por si ves algo, que no pienses que Ramona me está engañando.

—Habéis llegado a un acuerdo muy… maduro. ¿Estás seguro de esto, Sam?

—Ya lo creo —he dicho—. Estoy enamorado de ella, sin condiciones. Tom es parte de su vida, pero también lo es de la mía. No quiero entrometerme en su relación; solo quiero ser el novio de Ramona.

Mi madre ha suspirado.

—Cosas más raras se han visto —ha apuntado—. Supongo que tendremos que esperar a ver cómo lo llevas.

—Gracias por tener la mente abierta —he respondido—. No pienso mencionar a Ramona y Tom delante de papá.

Ha suspirado de nuevo.

—Tu padre tiende a ver la convencionalidad como una obligación moral.

—Sí —he dicho—. ¿Recuerdas cómo se puso conmigo cuando me afeité las piernas tras entrar en el equipo de natación en segundo de instituto?

Mi madre se ha reído al recordarlo y luego ha fruncido el ceño.

—Tu padre te quiere mucho, pero a su manera...

—No pasa nada, mamá. Lo sé —la he interrumpido. Me he encogido de hombros y le he sonreído—. Sé que me quiere a su manera. Y creo que he descubierto lo que pasa: papá no quería tener hijos, ¿verdad? Simplemente era lo que se esperaba de él.

Mi madre ha fruncido el ceño aún más, como si estuviera furiosa con el merengue.

—Me aseguró que quería dos hijos: un niño y una niña, como si fuera algo que pudiéramos controlar. Me lo dijo en nuestra tercera cita. Pensé que estaba yendo tan rápido porque estaba muy enamorado de mí, pero más tarde comprendí que simplemente me había conocido cuando decidió que era hora de casarse. Él era mucho mayor que yo, así que yo estaba extasiada.

»Hablo en serio cuando digo que te quiere. Lloró cuando naciste, y esa ha sido la única vez que lo he visto llorar. Pero nunca supo qué hacer contigo. No entendía a los bebés y tampoco quería aprender, y le sorprendió lo mucho que interferías en su vida.

»Creo que, si se hubiera escuchado a sí mismo, se habría dado cuenta de que en realidad no quería ser padre. Pero tienes razón: para él era impensable no tener un hijo. Es lo que se espera que haga la gente.

Una vez terminada la capa de merengue, la tarta tenía un blanco inmaculado y resplandeciente. Hora de volver al congelador.

—Lo siento —se ha disculpado mi madre.

Yo me he encogido de hombros de nuevo.

—Para mí, has sido una gran madre, así que no te preocupes. —Ella se ha echado a reír y me ha revuelto el pelo, como solía hacer cuando era pequeño. Me he apartado—. ¡Mamá! ¡Que tengo dieciocho años!

Ha suspirado por tercera vez, pero en esta ocasión, de alegría.

—Y ¿eso significa que ya eres mayor?

—Obviamente.

—Crecer no es como escalar una montaña, ¿sabes? No hay ninguna meta.

—Claro que sí. Ahora me vendrás con que no soy adulto porque no puedo permitirme vivir solo, pero ya me llegará.

—Sí, pero nunca dejarás de crecer. Al menos espero que nunca lo hagas. Aquellos que dejan de crecer como persona son crueles con los demás en internet. Es la gente que te adelanta en la carretera y luego te pita. —Iba limpiando la cocina mientras tanto, casi como si hablara sola.

»Son crueles porque son infelices y son infelices porque están estancados en la vida. Están estancados en la vida porque se niegan a abrir la mente y a plantearse siquiera cambiar su modo de vida.

»Tienes que seguir creciendo y cambiando, Sammy —ha seguido diciendo mi madre—. Hay que escuchar otras formas de pensar. Tienes que estar enterado de todos los puntos de vista. El dolor es parte del crecimiento y debes aprender a perdonarte a ti mismo a medida que cambian tus valores. Pero, si sigues creciendo como persona, cada año descubrirás que te sientes más cómodo contigo mismo, con la vida que has construido, y eso te permitirá ser más amable con los demás.

Dicho esto, se ha acercado y me ha revuelto el pelo antes de que pudiera detenerla.

—Y nunca dejaré de ser tu madre, tengas la edad que tengas.

—Muy bien. Gracias por tu sabiduría, mamá. Me voy a mi habitación. Avísame cuando podamos comernos la tarta.

Ha puesto los ojos en blanco y ha dejado que me fuera escaleras arriba, sintiéndome afortunado y querido.

Tom

En mi instituto no hay camerinos que digamos, sino más bien un trastero conectado al escenario. La mayoría del material que guardan en él está relacionado con el teatro. La mayoría, porque, en este momento, estamos los tres sentados apretujados junto a un par de sacos de boxeo desechados del gimnasio. Ramona tiene su caja en el regazo y su tom entre ella y yo (su otro Tom). Sigue manteniendo las distancias en cierto modo, y lo entiendo. Sam y ella están cogidos de la mano, pero Ramona me sonríe mucho.

—Y luego probablemente haga algún máster —nos está contando Sam—. Quiero ir a una universidad donde pueda centrarme en química sostenible, fabricar productos sin impacto medioambiental. Es algo en lo que llevo pensando mucho tiempo. Se me da bien la química y quiero hacer del mundo un lugar mejor, pero la música siempre será una parte importantísima de mi vida. Una parte de mi vida que quiero recordar en mi lecho de muerte. Lo que pasa es que no siento que sea mi única vocación.

Asiento con la cabeza. Ramona le aprieta la mano. Deberíamos haber tenido esta conversación hace tiempo, pero creo que Sam dudaba por todas las veces que ella y yo criticamos a las personas que querían estudiar una carrera más convencional. No volveré a cometer ese error. Todos intentamos encontrar nuestro camino y, ya sabes, hace falta todo tipo de gente en el mundo.

Gente como Sara.

Voy a enviarle a Sara un correo electrónico con algunos enlaces a páginas web de gente como yo. Voy a contarle cómo me va con Ramona y Sam. Y voy a decirle que quiero que seamos amigos, pero que depende de ella aceptarme o no.

Ojalá volvamos a ser amigos pronto.

Porque, si no,

me quedaré como un tonto.

Ally ha aparecido junto a nosotros, portapapeles en mano.

—Bueno, bueno, bueno, bueno —empieza—. ¿Tenéis todo el equipo listo? Tendréis que ser rápidos en montarlo, porque ¡vamos hasta el cuello!

—Ally —digo, levantándome—. Esta es mi novia, Ramona, y su novio, Sam, que también es mi mejor amigo. —Los señalo con un gesto. Ramona saluda con la mano.

—Qué hay —responde Ally—. Encantada de conoceros. Ahora centraos. Estáis a punto de salir a escena.

Luego insiste en la importancia de una prueba de sonido rápida y nos lleva a una de las alas del escenario. Hay un grupo de chavales a punto de terminar la parodia de los Monty Python con los cocos, cuando el rey Arturo viene galopando (por así decirlo) hacia nosotros.

—Esperad a que acaben los aplausos... —nos indica Ally—. Muy bien, vamos. ¡Prueba de sonido rápida!

Las luces son demasiado brillantes para que alcance a ver mucho más allá del escenario, pero sé que mis padres están entre el público, así como el padre de Ramona y la madre de Sam. Esta noche presentamos nuestra música al mundo. Es verdad que ya la hemos publicado en internet, pero es un espacio prácticamente anónimo. Esta es nuestra primera actuación en directo y los conciertos siempre serán uno de los aspectos más importantes de la música.

Nos instalamos rápidamente, como nos ha pedido Ally. Coloco los micrófonos y los conecto a la consola de sonido del profesor de Audiovisuales. Comprobamos que los instrumentos suenen bien y nos miramos los unos a los otros.

Miro a la preciosa y excéntrica de Ramona, con el pelo de punta y alborotado. Ella mira a Sam, el apacible y tranquilo de Sam, que le sonríe antes de mirarme a mí. Le hago un gesto de asentimiento a él, luego a ella, y nos volvemos hacia el público.

—Somos Vandalized by Glitter —anuncio—. Ramona Andrews, a la batería; Sam Peterson, a la guitarra; y yo, Tom Cogsworthy, al Kaosolator.

Sam baña a la multitud con un acorde de apertura. Ramona golpea una baqueta contra el aro del tom sin mover la otra. El tiempo se acelera; algo se avecina. Sam nos hace levitar con la melodía: no podemos mantener los pies en la tierra y echamos a volar. Empiezo a tocar con el Kaosolator una contramelodía preestablecida sobre la que voy añadiendo efectos de manera improvisada. Ese algo ya ha llegado y trata de arrastrarnos con los demás.

Pero nosotros luchamos contra la presión.

Vandalized by Glitter se deja llevar por la «Euforia»,

por eso se titula así la canción.

Dejo de tocar y, de una mirada aleatoria,

veo que Ramona ya no reparte baquetazos como si fueran munición.

Sam rasguea la última nota y se acabó la pieza introductoria.

Silencio.

Alguien aplaude con entusiasmo,

mientras otro grita:

—¿Qué mierda es este fiasco?

Pero, si algo más vomita, los aplausos por compromiso ahogan su sarcasmo.

Y Vandalized by Glitter se va preparando: Ramona se pasa a la caja y Sam, a la guitarra acústica.

—Eh —digo a la gente—, puede que a muchos no os guste nuestra música, pero aún nos queda el bis.

Y esta canción no es para ti.

Esta canción no la tocamos para ti.

Hoy tocamos para nosotros. Y también para todos aquellos a quienes volvamos locos, así que os toca aguantar.

Miro a Ramona, que me guiña un ojo,

y después a Sam, que me levanta el pulgar.

—Repito: hoy tocamos para nosotros.

Y estallamos en un concierto espectacular.

Lista de canciones que (no) son para ti

«Story of an Artist», de Daniel Johnston
«King Kunta», de Kendrick Lamar
«New York, 1955», de Rainer Maria
«Dirty Boots», de Sonic Youth
«Time to Pretend», de MGMT
«Bohemian Like You», de Dandy Wharlhols
«Ukelele Anthem», de Amanda Palmer

Agradecimientos

Este libro no habría visto la luz sin la ayuda de Leah Hultenschmidt. Gracias, Leah, por creer en mí cuando yo no era capaz de creer en mí misma.

Fue la valiente de Annette Pollert Morgan quien se hizo cargo de este libro. Gracias, Annette, por todo tu apoyo.

Ali McDonald rescató mi primera novela del montón de manuscritos que pueblan su escritorio y ahora me envía correos electrónicos alentadores y me trata como a una estrella del rock. Ali, eres vital para mi creatividad.

A todos los grupos y músicos mencionados en este libro: si alguna vez os topáis con esta novela o nos estáis observando desde el más allá, gracias por vuestra música.

Y, sobre todo, me gustaría dar las gracias a todos mis lectores. Moláis mucho.

No te pierdas ninguna de las obras
de Laura Nowlin, autora número 1
del *New York Times*
Bestseller List